何故エリーズは語らなかったのか？

Why Didn't Elise Speak?

森 博嗣

講談社
タイガ

[カバー写真]
Jeanloup Sieff
[カバーデザイン]
鈴木成一デザイン室

目次

Why Didn't Elise Speak?

by

MORI Hiroshi

2024

何故エリーズは語らなかったのか？

この光景をウィドウ類らしく客観的に見ようとした。どんな知性体も体液のつまった体を持っているのは興味深い事実といえないか。たしかにそうだ。床がこれほど液体で濡《ぬ》れているのは、戦術的観点からこちらにとって脅威の低減になりそうだ……。ウィドウ類ならこう考えるだろう。なかなかうまくできた。

（THE LAST HUMAN／Zack Jordan）

登場人物

グアト ------------------------------------ 楽器職人
ロジ -- 技師
ギャロワ ------------------------------------ 不明者
ヴォッシュ --------------------------------- 科学者
オーロラ ------------------------------------ 人工知能
クラリス ----------------------------- トランスファ
レーブ --- 刑事
シュトール ------------------------------- 情報局員
ルート -- 人工知能
バルテルス ---------------------------------- 元教師
ノルドマン ----------------------------- 遊園地係員
ペネラピ ---------------------------------- 情報局員
セリン -------------------------------------- 情報局員
ペィシェンス ---------------------------------- 助手
ベルベット -------------------------------- 人工知能
カトリナ ------------------------------------ 人工知能

プロローグ

エリーズ・ギャロワが僕に会いたがっている、と聞いたのは一カ月ほどまえのことだった。それは噂《うわさ》のように伝わってきたが、具体的な経路は、人工知能のオーロラとトランスファのクラリスで、ほぼ同時、しかもほとんど同じ内容のものだった。二人に、どこからの情報かと尋《たず》ねると、オーロラはチベットの人工知能アミラからだと話し、クラリスはドイツ情報局と物理学者のヴォッシュ博士が入手したばかりのもので、日本の情報局へは明日に伝わる予定だ、と教えてくれた。噂が伝わるのに、そのような予定なんてものがあるのか、と不思議に思ったけれど、各所にフィルタ的なシステムが存在して、無駄な情報を通さない、通すならば確認をする、といった役目の人間か人工知能が置かれているのだろう、と想像した。

オーロラとクラリスは、日本の情報局に所属しているものと僕は認識していたから、このフライングを多少不自然にも感じた。しかし、たかが一日のこと。それに、会いたがっている相手が僕なのだから、特例的な扱いを受けたのかもしれない、と思い直した。

そもそも、僕はそのエリーズ・ギャロワを知らない。名前を聞いたことがあったかもしれないが、記憶していなかった。クラリスに尋ねたところ、著名な研究者で、情報工学や情報社会学の権威だとのこと。後者の「社会学」といったエリアが、僕にとっては雲の中みたいな未知の界隈《かいわい》だから、これまでに注目するような機会がなかったのだろうか。

そのときは、半分聞き流しただけ。それ以上のことは考えなかった。誰でも、誰かに会いたいと考える自由を持っている。実際に、会いたいと本人から連絡があったわけでもないし、もしそうなったときには、もう少し情報を集めてから返事をすれば良いだけのことだ。なにしろ、昔のようにリアルのボディを接近させることが「会う」という意味ではなくなっている。危険な人物だとしても、ヴァーチャルで会うだけなら安全は確保できる。僕は、精神的なダメージを受けやすい人間ではないし、また、著名な研究者ならば、それなりに面白い話が聞ける可能性も期待できる、との好奇心しか抱かなかった。

その後、これといって続報はなかったのだが、ハンス・ヴォッシュ博士と研究関係の情報交換のために会う機会があって、そのとき、ギャロワ博士の名前が彼の口から突然出た。

「ああ、そうそう……」別れ際に彼は立ち止まり、顎鬚《あごひげ》を触りながら僕にきいた。「ギャロワ博士と最近会っていないかね?」

「ギャロワ博士? えっと……」誰のことかすぐに思い出せなかったが、たまたま会議用にかけていたメガネが、気を利かせて教えてくれた。「ああ、エリーズ・ギャロワ博士ですね。いえ、知りません。最近もなにも、一度もお会いしたことはありません。どうしてですか？」

「いや、みんなが捜しているみたいだ。私もきかれた」ヴォッシュは答えた。「情報局からきかれたんだ。相当なもんじゃないか」

たぶん、情報局も彼女の行方を知らない、という状況が「相当なもの」という意味なのだろう。ヴォッシュは、ドイツ情報局の仕事をときどきしているから、その関係で質問を受けたのだろう、と想像した。

「いつからですか？　その、行方がわからなくなったのは」僕は尋ねた。

「詳しいことは聞いていないが、私の周辺では、半年ほどまえなら、誰もがギャロワ博士を見かけていた。といっても、ヴァーチャルでの話だがね。彼女は、リアルでは誰も会えないらしい」

「どうしてですか？」

「まあ、本人がプロテクトしているからだろうね」

「何からのプロテクトでしょうか？」僕はさらに尋ねた。

ヴォッシュは、表情を変えなかったが、一度目を瞑《つぶ》り、首を回した。目が疲れているのか、首が凝《こ》っているのか、そんな仕草《しぐさ》だが、答える範囲についての自問に時間を要したようだ。目を開けると、僕を睨《にら》むような強い視線になった。「うん、それは、今度話すよ」もちろん、全然かまわない。話してもらわなくても良いし、知らない方が僕にとって有益かもしれない、とも直感したけれど、ここまで聞いてしまった以上、知りたい気持ちは大きく膨《ふく》らんだ。人間というのは、この種の本能を持っている、とても厄介《やっかい》な生き物なのだ。

この話は、誰にもしていない。語るには情報量が少なすぎる。ここ最近、ロジは車の整備もせず、毎日ヴァーチャルに時間を費やしている。おそらく、日本にいる家族と接するためだろう。僕には、その様子をあまり話してくれない。もっとこちらから積極的に要求するべきなのか、初めてのことなので、僕もわからない。だから、一人黙々と木を削り、塗料を塗り、それをまた磨《みが》く作業に没頭していた。僕は楽器職人だ、少なくともリアルでは。

その三日後の午前、地下室からキッチンへ上がってきたロジが、急にドライブにいくと言いだした。かつては、毎日のように出掛けていたが、最近では珍しい。しかし、断る理由もないので、つき合って同乗することにした。

いつも走る山手のワインディングロードでもなく、丘を越える田舎道《いなかみち》でもなく、街へ近づく幹線道路を走り、ハイウェイに乗った。ロジは機嫌が良いのか悪いのか、見た目ではわからない。ただ、ほとんどしゃべらない。無口なときは、たいていは仕事モードである。周囲に目を配り、通信に集中している感じだった。ときどき、空を見上げたりする。僕もつられて仰ぎ見たが、曇った空には、これといってなにもない。飛行物体などは見当たらなかった。

「どこへ行くのかくらい、教えてくれても良いのでは？」と尋ねてみた。

「同感です」ロジが前を向いたまま即答する。

「え？」彼女の言葉に、僕は驚いた。

「私もそう思います。どこへ行くのか、教えてもらいたい」

「でも、君が運転しているんだよ」

「指示どおりに運転しています」

「誰の指示？」当然の質問を僕は返す。

ロジはしばらく黙ったあと、ちらりとこちらを向き、こうつけ加えた。

「連絡待ちです。本局経由の暗号で指示を受けています」

「あ、そうなんだ。本局っていうのは、日本の？」

「はい。あ、次のインタで下ります」

そこで、十秒間ほどいろいろ考えを巡らせた。そうか、僕に会いたいという人物の噂があったな。そのことを思い出し、エリーズ・ギャロワという名前も記憶から引き出した。きっと、ドイツと日本の情報局が、僕たちを誘導しているのだ。ロジは情報局員としての仕事を全《まっと》うしている。それ以外のことで、彼女が黙ったまま不可解な行動を取ることはありえない。

しばらく市街地を走り、ロジのクルマは大きな駐車場へ入っていく。彼女は周囲を見回していたが、僕が見つめると、少し微笑《ほほえ》んで、こう言った。

「大丈夫です。護衛がついています」

護衛と聞いて、急に心配になってきた。僕が見たかぎりでは、それらしき人物、あるいはロボットはいない。一般市民と思われる人たちも、百メートル以上離れたところに数人しか見当たらなかった。おそらく、トランスファの護衛のことだろう、と想像するしかなかった。

ロジはクルマを停《と》めた。しかし、前を向いたまま動かない。

「えっと……、どうするの?」

「あとは、歩いて」彼女は答える。

クルマを降りて、建物に近づく方向へ歩いた。ロジはサングラスをかけていたが、もちろん、なんらかの機能を持った兵器に近いアイテムだ。僕のメガネとは大違いである。

情報局は、エリーズ・ギャロワと僕を会わせたいのだろうか。彼女がなんらかの価値を持っていて、日本もドイツもそれを欲しがっている。彼女の方から僕にアプローチがあったのかどうかは、極めて疑わしい。情報局が厳重な警戒をしていることは、ロジの態度からも理解できる。なにもわからない場所へ僕を連れ出すようなことは普通はない。安全であることは確実だと考えられる。

集会所のような建物だった。ガラス張りで、入口がどこなのかわからなかったが、近づくと、ホログラムで表示された。ロジは迷うことなく、そこから中に入った。

ホールには、数人の人々がいた。奥の壁際にベンチやテーブルがある。その壁は天然の岩のような造形で、しかも色がゆっくりと変化している。濡れているようにも見えたが、それも映像的な演出のようだった。

壁に近づいたところで、ドアが薄い緑色で表示された。ロジが手を近づけると、ドアは横にスライドする。彼女は、その中を確かめた。室内の照明が暗く、僕にはよく見えなかった。ロジは別の周波数で見ているはずだ。すぐに振り返って僕を見た。

「大丈夫です」微笑みなどは微塵《みじん》もない。ロボットのようなロジの顔だった。

「何が？」僕は、少し遅れてきいた。

「この部屋は安全です」ロジは片手をそちらへ差し出す。

「だから？」僕はきく。「この中に入れってこと？」

「はい」ロジは頷《うなず》く。なにか言いたそうだが、我慢している顔だ。だいたい、彼女はいつもこの顔である。「誤解しないでいただきたいのですが、私が入れと言っているのではありません。そういった指示を受けていて、それをお伝えしているだけです」

「わかっているわかっている」僕は片手を広げた。

「どうして繰り返すのですか？」

「え？　ああ、なんでもないなんでもない……、あれ？　本当だ。繰り返しているね」

「無意識なのですか？」ロジが少しだけ顔を歪《ゆが》めて、平生の表情になる。

「うーん、どうかな。特に意味はないと思うよ」

僕はドアの中に入った。五メートルくらいの奥行きで、幅はそれよりも少し狭い。テーブルが中央にあって、椅子《いす》が四脚。もちろん、誰もいない。僕が中に進むにつれ、照明が少し明るくなった。振り返ると、ドアがスライドして閉まった。ロジは入ってこないようだ。

「何のためにここにいるのかな」僕は呟《つぶや》いた。

「しばらくお待ち下さい」その声はクラリスだった。親しくしているトランスファである。

「あ、君がいたのか。だったら、今のこの状況を説明してもらいたいけれど」

「もうすぐわかります」

もったいぶっている理由がわからない。少しさきのことを教えてしまったら本人が残念がるという観念が、世間には存在するらしい。馬鹿馬鹿《ばかばか》しいことだが、文句を言うほどの問題でもないので黙っていた。

奥の白い壁に、突然ドアが出現し、それが滑《なめ》らかにスライドした。僕が入ってきたのと正反対の壁である。現れたのは、知った顔。ヴォッシュ博士だった。

「あれ？」思わず、そう口にした。

「おや、君か」同時にヴォッシュも呟く。

二人ともゆっくりと笑顔になり、歩み寄って握手をした。ヴァーチャルでは頻繁に会っているが、リアルでは半年振りくらいである。そう、これはリアルだよな、と再認識した。

「てっきり、ギャロワ博士に会うのだと思っていたよ」ヴォッシュが言った。

「私もです」僕も頷く。「ただ、そう告げられたわけではありません。勝手な想像で」

「同じく……」ヴォッシュは鬚を指で撫《な》でる。「うーん、なんだ、期待してしまったよ」

「これは、情報局がお膳《ぜん》立《だ》てをしたみたいですね」

「盗聴されているだろう。まあ、隠し立てするようなことは、なにもないがね」

「でも、先日、今度話すとおっしゃっていました。あれは？」僕はきいた。

「何の話だったかな？」

これは、とぼけているのだろう。プロテクトしていると彼は話した。何から防御するのか、と僕は尋ねたのだ。黙って彼を見つめていると、彼は軽く頷いてから話し始めた。

「しっかりとした情報ではない。なんとなく、仲間の研究者から、伝わってきた話で、最近のことでもない。だいぶまえから、ずっとそんなことが語られていたんだ。話は……、ギャロワ博士が開発したあるもの、それが大きな価値を持っていて、ヴァーチャルの人たちが欲しがるような、その、究極の恵みだという」

「究極の恵み？　具体的に何なのですか？」

「いやいや、それはわからない。神からの最後の賜物《たまもの》とも呼ばれているらしい。彼女がそう表現したのかどうか、うーん、怪しいね。少なくとも、そんな発言があった記録もなければ、発表されたわけでもない。ただ、ある種そういった属性のソフトウェアの第一人者だったことは確かだ。研究から引退したあとも、ヴァーチャルにおける権利や義務のルールや、それらの監視システムについて、数々のロジカル・メソッドを提案し、それに則したシステムの開発にも携わっていた。そうだね、一年くらいまえまではね」

「一年くらいまえまで？　その後は？」

「急に、役を退いて、隠遁《いんとん》したような形になった。理由を尋ねた者も多かったはずだが、個人的な理由だったのか、これといった納得できる理由は伝わってこない。ただ、その究極の恵みをだ……、ついに完成させたらしくて、それを狙《ねら》っている勢力から身を守るために姿を消したのだろう、という噂が流れた。それが最も、まあ、彼女らしい行動のように演算されたから、広まるのが早かったともいえる。たしかに、そんなことをする人物ではある。人工知能の予測も、その可能性を最も高く評価しているね」

「それがプロテクトですか……」僕は呟いた。「その価値を、人工知能も肯定的に予測しているから、ギャロワ博士を捜したいわけですね？」

「そう、できれば、保護したいのだと思う」

「それを阻止したい勢力というのは、私には想像もできませんけれど」

「それは、まあ、いろいろあるだろう。ヴァーチャルへ社会がシフトすることを好ましくないと捉《とら》える人々、組織、国は、少なからずあるはずだ」

「そうですか……。個人の自由にさせておけない、なにか理由があるわけですね。ああ、そうか、リアルで商売をしている人たちは、たしかに稼ぎが先細りになるのが心配で……。だけど、その商売をヴァーチャルで展開すれば良いだけのことでは？」

「それができない場合もある」ヴォッシュは首をふった。「君の言うとおりのことに乗り遅れた連中だといえなくもないがね」

「神の賜物？　最後の賜物ですか？　なにか人を幸せにしてくれるものでしょうか？　ちょっと想像できません。ヴァーチャルには、既にリアルを超えた幸せがあるように思いますけれど」

「でも、君も……、それに、私もだが、ヴァーチャルへのシフトをしていない。リアルでしか味わえない体験に価値がある、ということではないのかね？」

「うーん、まあ、そういわれてみれば、そうかもとは思います。でも、両者を比べたら、おそらく、ヴァーチャルの方が幸せは多い。リアルにはまだまだ不幸が沢山《たくさん》ありますからね。そう、昔からずっと残っているもので、争いごととか、他人を支配したい欲望とか……」

「これでも、減っている方向だとは思うよ」ヴォッシュは苦笑いした。

「何でしょうね？　うーん、賜物なんて、今まで想像したこともありません。なにか、酔っ払ってハイになって、気分の良い体験ができる、といった類《たぐい》でしょうか？　でも、そういうのも、ヴァーチャルはお手のものですからね。うん、今さら、なにかが欠けているということは、ちょっと考えられない気がします」

「オーロラとその話をしてみたまえ、人間には思いもつかない発想が聞けるかもしれない」

「そうですね……」

オーロラというのは日本の情報局に勤めている人工知能の名だ。この部屋は、おそらく盗聴ができない。でも、トランスファは入ることができた。どういった部屋なのだろう？　ヴォッシュはそういったことに神経質な人だから、当然確かめているはず。ロジも確認したことだろう。もしかして、たった今、そのセキュリティが作動したのかもしれない。ということは、クラリスは今の話を聞いていないことになる。

あとで、クラリスに事情を話して、意見を聞いてみたい、と考えたが、軽々しく話しても良いものかどうか、迷う。

今のところ誰かから、発言に注意しろと指示されたわけではない。

それどころか、特に秘密にしなければならない情報を知ったとも思えない。

なにしろ漠然とした話であるし、どちらかというと、安穏で平和な状況といえる。悪くないな、とは思った。

究極の恵みとは何かな、とぼんやりと想像したが、なにも思いつかない。

恵みというものが、そもそもわからない。神が人間に恵んだものを、一つも思いつけないからだ。すべてを恵まれた、と考えるのが良いのかもしれないが、そうなると、恵みのありがたみが埋没してしまう。たとえば、生命は神の恵みだと古来考えられていたかもしれない。そう考えないかぎり、何故《なぜ》生まれたのか説明ができないからだ。

そういった思考を巡らすのも恵みかな?

そして、いつかきっと、エリーズ・ギャロワ博士に会えるのだろう、とも予感した。

根拠のない予想というものは、たいてい外れるのだが……。

第1章　究極の賜物《たまもの》　The ultimate godsend

扉のむこうは真っ暗だったが、ただの暗闇《くらやみ》ではなかった。ネットワークユニットが空間を測定して、壁と床をしめす補助線を表示した。ステーションの強力な工業用無臭化因子が鼻にはいり、すぐににおいを感じなくなった。多種属が密集して勤務する空間として設計されている証拠だ。

1

物々しい警戒の中、僕とヴォッシュは久しぶりの邂逅《かいこう》を楽しんだ。実は、ドイツの情報局はヴォッシュの前にエリーズ・ギャロワが現れると考えていたし、日本の情報局はやはりギャロワが僕に会いにくると予測していた。このサプライズを誰が仕掛けたのか、現在調査中だが、人工知能も騙《だま》されたくらいだから、容易に見つかるような痕跡《こんせき》は残されていないだろう。

「ギャロワ博士が仕掛けたとしか考えられないね」僕は、仕事部屋でヤスリがけをしながら呟いた。昨日のことを振り返っての発言だったが、これを聞いているのは、トランスファのクラリスだけだ。ロジは、朝食以来会っていない。おそらく、地下でヴァーチャル用の端末、通称「棺桶《かんおけ》」に入っているのだろう。

「その確率が八十五パーセントと推定されます」クラリスが答えた。

「へえ、ほかの可能性が十五パーセントもあるんだ。その中で何が一番?」

「ヴォッシュ博士が企てた可能性です」

「なるほど、では、その次は、僕が企てた可能性?」

「いいえ。グアトさんが企てる可能性は、かなり下位となります」

「あそう……、それはまた、どう受け止めて良いのか」僕は微笑んだ。「見縊《みくび》られているのかな、それとも買いかぶられているのかな?」

「いずれかだと思われますが、そうではなく、正しくグアトさんを評価した場合は、もっと確率が低くなります」

「そんなに僕は、その……、企てない男なんだね」

「余計なことをしない、非合理な手法を選択しない、また、結果として大きな利益が得られない、時間がもったいない、ロジさんを巻き込んでしまうと、あとで不利益が生じる可能性が大きく見積もられる、などが推測を導く根拠の一例です」

「最後の不利益っていうのが気になるけれど、まあ、たしかにそのとおりだ。今回の事象を入力して、ギャロワ博士の動向についての推測は、どう変化した?」

「変化は微小です」クラリスは即答した。「今後、ギャロワ博士が姿を見せる可能性は減少しました。自身が注目を集めていることは観測できたはずです。情報局の反応を見るために実行されたイベントだったと推定されますので、より厳重なシールドで身を隠そうと考えたことでしょう」

「反応を見た？　でも、リアルでは警察もいなかったみたいだし、武器を持った護衛もいなかった」

「ギャロワ博士は、ヴァーチャルを拠点にされています。捜す方も、また狙う方も、ヴァーチャルで活動しています。リアルというのは、デジタル信号が生じない特異な境界として捉えられています。昨日のヴォッシュ博士との会話も、聞いている者は誰もいませんでした」

「君も？」

「はい、あの部屋はネットワークを遮断する機能を有していました。どんなお話だったのでしょうか？」

「いや、特に面白い話はなかったよ。えっと……、究極の恵みだとか、神の最後の賜物だとか、ギャロワ博士が作ったらしいソフト？　そのシステムの名称を聞いただけ」

「それ以外にも、プレゼンス・プルーフと呼ばれることもあります。この名称は、三十年ほどまえに、ギャロワ博士自身が論文の中で使用したものです。その点が、世間で流れている俗称とは違います。ただ、その論文では、システム名でもプログラム名でもなく、単にヴァーチャルの世界に欠けているもの、として登場しました」

「存在証明という意味だね。アリバイみたいなものかな？」

「日本語では、来臨《らいりん》証明と訳されています、一部の研究者の間で、その用語が使われました」

「ヴァーチャルにおける存在というのは、そもそも何を意味しているのかな？　信号があれば、存在しているのか、それとも、他者から観察されれば、それが存在なのか」

「それらは、いずれも自明のことのように考えられます。どちらもが必要であり、自身の活動に対する反応があり、それを自身の感覚で受け取れる状況から生じるものです」

「ああ……、つまり、意識に似ているね」僕は言った。「人間の意識というのは、存在するのか。それは、外部からは、反応として観察できる。反応としてしか観察できない」

「脳波は観測できます」

「それも反応だ。自身の観察においても、自分の意識が存在することを感じることができる。しかし、意識は、そもそも物理的な部位として存在しない。生きている人間と、死んだ直後の人間の脳を観察して、なにか物質的に失われたものが観測できるわけではない。ということは、すなわち、存在しないのと同じだ」

「それと、ヴァーチャルにおける存在が類似しているとおっしゃるのは、どうしてですか？」

「僕に話させようとして、質問したね？」

「恐れ入ります。そのとおりです。申《もう》し訳《わけ》ありません」

「いや、謝るようなことではない。悪くはない。むしろ、人間みたいだ。人間はそんな無駄な会話ばかりしている。頭がね、その間に休憩しているんだ」

「さきほどの仮説、でしょうか、あの話の続きをお願いします」

「えっと、いや、もう終わりだよ。リアルを生きているうちに、人間の意識が生まれた。そして、自分というもの、自意識が存在すると考えるようになった。多くは、他者とのコミュニケーション、そして言語によるところが大きいと思う。それで、同様に、ヴァーチャルで生きるようになったとき、その活動の中でヴァーチャルの意識が生まれただろうか？　たぶん、リアルの意識をそのまま適用したにすぎない。新しい意識が誕生したという話は聞いたことがない。でも、実際には、リアルの意識が少しずつ、あるいはどこかで急に、ヴァーチャルの意識に切り替わる。そのとき、その意識は、そこがリアルだと感じるだろう。そもそも、それこそがリアルの定義だからね。僕は、あまりヴァーチャルにのめり込んでいないから、そのあたりはよくわからない。実感できないから、考えたこともない。だけど、これから、みんなが考えて、人間以外も含めて、ヴァーチャルの意識を自覚するようになるだろう。今は、その概念がないから、言葉にして語られないだけかもしれない」

「我々にとっては、ヴァーチャルがリアルです。意識の存在は、信号と処理の集積です。リアルとヴァーチャルは、観察する領域の違いでしかありません。物体のサイズと質量を考慮する世界か、そうでないかの差にすぎません」

「もしかして、ギャロワ博士の開発したソフトは、ヴァーチャルの意識の存在をなんらかの方法でサポートするようなものかもしれない。つまり、そこが自分たちのリアルだという手応《てごた》えを、演算によって作り上げるような感じなのかな」

「そのような行為に価値があるのでしょうか?」クラリスが質問した。

「そうそう、その疑問は当然だ。さあ、どうだろう? 意識を確認することにどんな価値があるのだろう? ただね、人間は、とにかく、この意識というものを重視してきたんだ。意識があるかないかで、健康に生きている人間かどうかを決めようとした。人工知能やロボットには意識がないものと、前世紀には大半の人たちが、科学者も含めてね、信じていたんだ。僕も、若い頃はそうだった。そう考えていた。でも、目の前にあるデータを受け入れざるをえない。意識というものが、ソフト的に構築されるものであり、経験と判断の積み重ねによる反応のシステム化にすぎない、いわば幻想といっても良いくらいの存在だということを、人間は受け入れざるをえなくなった。まだ、これは全世界、全人類には浸透してない。認めたくないだろうね、スピリットの存在を、単なる観察、あるように見えるだけの幻想だとは、信じたくない。人間がそれに抵抗するうちに、人間以外のものが、どんどん発展を遂げて、人間を凌駕《りょうが》していくことになる。人間が迷っているうちにね、人間以上のものになる。まあ、それもまた、自然淘汰《とうた》かもしれない。悪くないよ、全然」

「意識それ自体が、私たちにとっては単なる仮説です」クラリスは言った。「それを神からの賜物と受けとめる心理も、理解はできますが、やはり単なる解釈であり、神の存在も含め、大勢の人たちが長く納得していたことが、現代では不自然といえるものと考えます」

「そう、そのとおり、私も基本的にはそう考えている。理性というものを意識してね」

2

翌日の午前中に、今度はオーロラと話をすることができた。ヴァーチャルで会うときは、いつも風光明媚《めいび》な自然の中。まるで、観光パンフレットから選んでいるような美しさだったから、僕にとっては、この世のものとは思えない幻想性こそがヴァーチャルの魅力だろうという観念をしだいに強くしている。今回は、南ヨーロッパにありそうなローマ時代の教会の中だった。高い天井とそれを支えるアーチ、あるいはヴォールトの構造美が、極めて完全に再現されている。リアルには、この完全さがない。どこかが劣化し、いつも修復工事をしなければならないはずだ。

「クラリスから、賜物とは人間の意識のことではないか、とのお話を伺いました」オーロラは微笑みを湛《たた》えながら話した。いつもの容姿、いつものファッションだったが、もちろん、服装は違っていただろう。関心がない対象を記憶に留《とど》めない僕の認識外の要素だから不確かである。「興味深いご意見だと感じました。私たちには発想できません」

「問題が曖昧《あいまい》で、影響範囲も小さすぎるから、発想したところで、特にどうということはないよ」僕は苦笑いで返した。

「いいえ、もしおっしゃるとおりだとしたら、このように大勢がギャロワ博士を捜そうとはしていません。価値のないものを作るような人物ではないからです。ここ五十年ほどの彼女の活動から、相当なエネルギィと試行錯誤があったことはまちがいありません。完成したシステムが、どのような機能を持つものか、関係分野の人々が大きな期待を持って見守っていました。途中まで開発に協力した人、あるいは資料を提供した人、そして、相談を受けた人、その中にはヴォッシュ博士も含まれますが、それらの情報から、ヴァーチャルでの生活に利する、精神的なサポートを行うようなプログラムである可能性が最も高いと演算されます。したがって、恵みであり、賜物であるとは、まさに適切な呼称といえます。人々が幸せになる、幸せだと感じるような作用を実現したものと期待されています」

「もし、それが当たっていたとしたら、ギャロワ博士は自分の開発したものを公開し、それについて語り、大勢に受け入れられる様子を見ようとするし、それで満足しようとするはず。そうしないで、姿を消してしまった理由がわからない」

「おっしゃるとおりです」オーロラは頷いた。最初に会った頃と変わりないのだが、どんどん淑《しと》やかになり、人間らしくなっている。もっとも、今の彼女はヴァーチャルなので、これは僕の願望が引き起こしている錯覚だろう。「その点については、演算は発散し、推定される妥当な予測もできておりません。したがって、今は、ご本人が現れるのを待つばかりといえます」

「現れない可能性は?」

「三十五パーセントです。その場合は、博士がなんらかのトラブルに巻き込まれた可能性が最も高いと演算されます」

「つまり、その究極の恵みを我が物にしたいという勢力が、それを奪って独《ひと》り占《じ》めしようとした、という可能性なのかな?」

「物体ではなく、ソフトウェアですから、独り占めすることに価値があるのかどうか、疑問が残ります。広く大勢に分け与えシェアしても、一人が得る価値が減るわけではありませんので」

「それでも、自分だけが恩恵に与《あずか》りたい、他者が欲しがっている姿を想像して優越感に浸りたい、という狭量な人間がいないわけではないよね」

「独り占めするとしたら、それを売って利益を得る方向へ流れるのが普通です。価値が何倍にもなって返ってきます。ただ、現在のところ、そのような販売が行われている兆候は観察できません。富裕層を狙って、秘密裏に売られている可能性があると憶測されています。その場合、ヴァーチャルにおける経済的な歪《ひず》みを測定することで、いずれは発覚すると思われます」

「しばらく鳴りを潜めているだろうからね。すぐに売り出したりしたら、悪事がバレてしまう。もともと、ギャロワ博士はどうするつもりだったのだろう？　そのソフトを開発して、国か、それとも国際的な組織か、あるいは企業を通して配布するつもりだったのかな？　いや、そのまえに、そういったものは安全性を確認するための試験が必要だ。それを自分で行うことはできないから、どこかに委託するしかない。そんな話が事前に出ていた様子はない？」

「ありません。それは、情報局もまっさきに調べました。試験的な配布をするとか、なにも決められていません。配布することに関心がなかったのだと思われます」

「そういう人なの？」僕はきいた。これまで、エリーズ・ギャロワの人物像については、これといって情報が伝わってきていない。どんな人物なのだろうか？

「交友の少ない人でした。大勢がいる場に現れることは少なく、また生い立ちなども、公開されたデータはありません。年齢は百二十歳前後かと思われます。研究者としての履歴は約百年ほど。初期の頃は、ヨーロッパの各地を転々としていたようです。両親は彼女が若いときに事故で亡くなっています。兄弟はなく、親族がいるのかどうかも不明。最近になって、少なくとも三十年以上、リアルで彼女の姿を記録したデータはありません。対照的に、ヴァーチャルでは、ここ三十年間は比較的活発な学術活動を展開しました。ただ、最近の一年間はこれに含まれません。その三十年ほどで、広く知られるビッグネームとなった、というのが、ごく一般的な認識かと思われます」

「なにか、人となりを示すようなエピソードとか、インタヴューとか、そういったものはない？」

「残念ながらありません。おそらく、そのような機会を故意に避けていたものと思われます」

「そうか……、私みたいな引き籠《ひこ》もりなんだね」

「肯定してよろしいものかどうか、難しい問いかけですが、世間の評価として、はい、類似しているのは確かです」

「しかし、私は無名だ。どうして私に会いたい、なんて噂が流れたのだろう？」

「無名というのは、ご謙遜《けんそん》だと思いますし、一般的な社会の評価と不一致です。引き籠もっているレベルは、現在では無意味に近いものとなりました。個人的な印象の域を出ません」

「はい、それはそうだ」僕は笑ってしまった。「どうして、私なんだろう？　どんな関係で、その噂が流れたのかな？」

「私は、マガタ・シキ博士との関係ではないか、と想像いたします」

「え？」このオーロラの推論には驚いた。考えもしなかったことだ。「何？　えっと、ギャロワ博士は、マガタ博士と関係があったの？」

「そういった噂が以前から流れておりました。具体的な記録は見当たりません」

「マガタ博士の場合、具体的な記録というものは残らないだろうね。私だって、何度かマガタ博士と会っているけれど、すべて非公式だし……、あ、そうか……、私がマガタ博士と関係があることを、どうして世間が知っているわけ？」

「世間というのは、人間の集合体ではありません。今や、電子社会が大きな部分を占めるエリアのことです。あらゆる信号、データ、そしてエネルギィが観測されています。そういったものを時間をかけて分析することで、大まかな関係性というものが浮かび上がってきます。もっと詳細な手法についてご説明しましょうか？」

「いや、その必要はないよ」僕は首をふった。「うーん、そうだね、火のないところに煙は立たないというやつか。自分では煙を立てているつもりは全然ないけれどね」

「調査レベルをもっと深くして、しばらくデータ収集を続けるしかありません」

「気になるなぁ……。なにも手がかりがない。単なる噂だけが流れてくる。具体的な変化はない。見当もつかない。ギャロワ博士がどこにいるのか、何をしていたのか、何をしようとしたのか、何を作り出したのか、うーん、わからないことばかりだね」

「例のない事態だといえます」

「あ、そうなの？　人工知能たちも、戸惑っている感じ？」

「はい、目的がしっかり摑《つか》めないという点で、仮説が立てにくく、したがって、調査方法が定まりません。このような噂が流れてきた原因を探るのが順当ですが、それが見つからない。おそらく、意図的に消去されているものと思われますが、それを実行するのは一般的には極めて困難です。痕跡を残さず綺麗《きれい》にすべてを消し去る方法が存在するとしたら、それ自体が究極のプログラムといえるかと」

「面白いことを言うね」オーロラの言葉に僕は息を吞《の》んだ。「究極の恵みを、究極のプログラムだとイメージしているんだね？　言葉をかけたの？」

「そうです、申し訳ありません。つい、先生の親しげな対応に甘えて、少々ふざけた表現をしてしまいました」オーロラは頭を下げた。

「いやいや、全然悪くない。その反対。発想に感服した。会って話をした価値があったね。もしかしたら、それが答かもしれない」

「何の答なのでしょうか？　もしよろしければ……」

「エリーズ・ギャロワ博士が消えてしまった理由は、つまり、彼女のプログラムが発動したからなんじゃないかな？　見つからないようにする、すべてのデータを過去に遡《さかのぼ》って消去し、しかも痕跡を残さない。ということは、それなりの修復をして、辻褄《つじつま》を合わせるような巧妙な改竄《かいざん》をするわけだから、極めて高等な、緻密《ちみつ》な演算が必要だし、それなりの容量も一時的に要する作業になるはず。その作業自体も、のちに見つからないように痕跡を綺麗に消していく。どうかな？　それって、本当に可能なことかな？」

「一般的には不可能ですが、それを行う理由が最も大きな謎《なぞ》といえます」

3

その後もギャロワ博士の消息と、彼女が開発したソフトウェアに関する調査が行われたようだ。何度かその結果を知らせてきたが、簡単にまとめると、なにも見つかっていない、ということになる。

聞いた範囲では、調査はほぼヴァーチャルで行われているようだ。博士の活動の場がヴァーチャルだったからだが、もし、僕が指摘したように、架空のデータを捏造《ねつぞう》して痕跡を消すような処理を行ったのだとしたら、ヴァーチャルでそれを見つけ出すことは難しいだろう。

どうやったら、そんな処理ができるのか、と少し考えてみた。

そもそもデータがどのように発生し、どんな経路で広がっていくのか、というネットワークの自然法則のようなものを調べる必要があるだろう。僕はそれを知らない。気にしたこともない。だから、僕にはそんなプログラムは作れないことになる。ギャロワ博士は、その法則について研究していたのだろうか？

しかし、オーロラが口にした感想が、常識的な反応といえる。何故、痕跡を綺麗に消去するような必要があるのか。おそらく膨大な演算と記憶容量を消費する。そうまでして、はたしてどれほどの利益が得られるのか？

何の役に立つのか。そこが論点だ。

過去に都合の悪い体験があって、その関連データを消し去りたいという場合はあるかもしれない。この場合、特定のデータへのアクセスをさせないか、あるいはデータそのものを消去するかのいずれかになるが、特に難しい作業ではない。ただ、その気になって調べれば、必ず痕跡が残る。あるデータが消えれば、その周辺で辻褄が合わなくなるからだ。

たとえば、ある人物がいなくなれば、その人物の周囲で不自然な状況が発生するだろう。人が消えれば、その人の生活が不連続になり、周辺の人間関係も途絶える。

周囲に気づかれないように消えることは不可能だ。最初から、そういう関係を作らないように準備をしておくしかない。

ギャロワ博士の場合、エリーズ・ギャロワという名前は今も残っている。彼女がかつて存在したことは、事実としてデータにある。つまり、全《すべ》てが消えたわけではない。彼女の業績も残っているだろう。彼女が書いた論文は今でも読める。そういうものが消えたわけではない。

つまり、消えるものと消えないものを的確に判断している知性が存在する、と考えても良いだろう。もし、究極のプログラムが存在し、それによって彼女が姿を晦《くら》ましたのだとしたら、高い知性が、消すものと消さないものを判断し、残すべきストーリィを創作していることになる。それが、究極の恵みといえるものだろうか。

綺麗に社会から抜け出したいニーズに応えたものかもしれないが、はたして、そんなニーズがあるだろうか。引き籠もりの僕が理解できないのだから、その価値がわかる人間は少数だろう。少なくとも人間以外には受け入れられないはずだ。

ヴォッシュともヴァーチャルで再度話し合った。彼の仲間内では、ギャロワ博士の失踪《しっそう》が非常に関心を持たれているという。彼は、警察と情報局の係員とともに、ギャロワ博士の自宅を捜索した。

誰も、ギャロワ博士の捜索願を提出していないものの、事態の深刻さを考慮し、政府が警察に申請し、裁判所が調査の許可を下したらしい。彼女の自宅がドイツにあったことを、僕は初めて知った。

その調査の結果を、警察の許可を得たうえで、ヴォッシュが送ってきた。全方向カメラで撮影した映像だった。一人で散歩に出かけて、ちょうど帰宅したときに、それが届いたので、さっそくロジと見ることにした。地下室の棺桶に入り、ヴァーチャルと同じように映像を体験するのだ。

エリーズ・ギャロワの部屋は、十五階建ての集合住宅の十四階で、ごく平均的な規模のものだった。

ログオンすると、僕とロジは玄関と思われる場所に立っていた。正面に透明のドアがある。照明が灯《とも》っていた。壁に収納棚が組み込まれていたので、手を触れると引出しの中を覗《のぞ》くことができた。透明のドアを入ると、広いリビングルーム。左手にキッチンがあった。調度品はレトロなタイプのものが多い。

寝室とバスルームを見たあと、窓のない書斎に入った。大きなデスクには、モニタやファイルがのっていたが、いずれの辺も、デスクの端《はし》と平行になるように置かれている。引出しの中も確認したが、小物は少なく、きちんと整理されていた。

「真面目《まじめ》な方だったんですね」ロジが呟いた。

「私も真面目な方だと思うけれど」僕はそう言って、ロジを見た。

「真面目なのは私の方だと思います」彼女が言い返した。

「そうだね、君の方が真面目だ。でも、ここまで整理整頓《せいとん》している?」

「いいえ。この状況は、むしろ神経質すぎる感じがします」

「リアルのギャロワ博士が、いつまでここにいたのか、わかっているのかな?」

「七カ月ほどまえまでは、確認されているようです。マンションの入口で個人確認がされているので、その記録からかと」

「その最後のときに、渾身《こんしん》の整理をしたのかもしれない」

「渾身の整理?」ロジは顔を歪めた。

「ここに戻ってくるつもりがない、そういう出発だったら、これくらい整理してもおかしくない」

「おかしいですよ。どうして整理するんですか? なにかの見栄《みえ》? 私は整理魔なんですっていうアピール?」

「ないかな」

「ないですね」ロジは首をふった。ロジは寝室でクロゼットを覗いている。「出かけたような形跡もありませんね。とにかく、持ち物が少ないと思います。ここ、本当に自宅ですか? フランスにご自宅があるのでは?」

「それは、私も思った。あときいてみて」

「あったら、調査していますね」

「ちょっと、この片づきようは、人間離れしているなぁ。そう思わない?」僕はロジに問いかけた。

「ギャロワ博士は人間です。それは確認されています」

「誰かに片づけや掃除を依頼した。プロがこの状態にしたような感じだね。ゴミ一つない、完璧《かんぺき》すぎる」

「それは、警察も情報局も同じ見解だそうです。でも、それらしい業者がここへ訪れていたら、記録が残るはずです」

「うん。そうだね」僕は微笑み、軽く頷いた。

小一時間、室内を歩き回り、扉や引出しを開けて確認した。ただ、警察が調べたところ以外は、見ることができない。たとえば、床の絨毯《じゅうたん》を捲《めく》ってみたかったが、それはできない、との表示が出た。ロジは、壁に埋め込まれた照明器具を外そうとしたが、それもできなかった。彼女は盗聴器を仕掛けるならここだ、と予想していたのだが、その種のものはわざわざ見なくても、トランスファが見つけてくれる。実際には、この住宅にはそういった観察用のセンサ類は一切なかったそうだ。

ちなみに、ギャロワ博士が使用していた端末、コンピュータ、あるいは通信機材などは見つかっていない。彼女が使用していたデータの外部記憶も発見されていない。消去された可能性が高い、と推定されているが、消去した痕跡さえ発見できなかったらしい。

僕は、玄関まで戻って、そこから外に出ようと思って、ドアを開けたのだが、外はなかった。ここはヴァーチャルであり、警察が記録した映像だということを、つい忘れていた。

「ログオフしますか?」後ろにいたロジがきいた。少し笑っている声だ。

僕は振り返った。ドアからは出られない。ここでログオフしてリアルに戻るしかない。

「ここは、リアルだと、どこにあるの?」僕は尋ねた。

「はい、ちょっと待って下さい」ロジの前にホログラムが現れ、彼女はそれを操作する。指を動かしている。しばらくすると、地図が表示された。「ここです」

「あれ、けっこう近いね」

「近いというのは……、あ、私たちの家からですか?」ロジは頷く。「八十キロくらい北になりますね」

「行ってみようか」

「え、ここへ、ですか?」

「そう、リアルのここへ」僕は笑いそうになった。言葉として変な感じになっている。

「どうしてですか?」

「だって、ここじゃあ、外に出られない」

「意味がわかりません」

4

すぐに出かけることになった。片道で一時間半くらいかかるらしい。帰ってくる頃には日が暮れているが、特に問題はなさそうだ。珍しく、ロジも反対しなかった。彼女は、次の世代に人生の重点を置いているようだから、その分、僕に対する要求が穏《おだ》やかになったのかもしれない。ほんのりと、そんな気がする。こちらとしては、自由度が増したわけだから、全然悪くない。

ロジのクルマは、オープンのクラシックカーで、液体燃料のエンジンで走る。煩《うるさ》いし、排気も臭《にお》うけれど、ほとんど絶滅しているメカニズムだから、そもそもクルマが排気ガスを出すとは誰も認識していない。したがって、何の臭いなのかもわからないだろう。伝統工芸を保存する運動だと説明すると、抵抗なく受け入れられ、かえって優遇されている。

道順はクラリスの案内に従った。ロジは、日本で成長している我が子の話をした。僕は聞き役で、どのようにコメントをしたら良いのか迷うばかりだった。人間の子供というものが、なにしろレアすぎる。天然記念物と同じくらいだ。でも、世界は変わろうとしている。あちらこちらで新しい生命が誕生しているらしい。それに伴う微笑ましいトラブルも、ニュースを賑《にぎ》わせている。

到着したのは、リゾート地として過去に栄えた高原の街で、今は廃墟《はいきょ》となった建物が沢山残っている。廃線となった鉄道の駅の近くに、エリーズ・ギャロワが住んでいたマンションがあった。街の中心にも近く、まだ完全な過疎とはいえない地域で、公園にも歩道にも、また商業施設の近くにも、人々が歩いているのが見えた。クラリスの話では、治安が良い場所のわりに地価が安く、人気があるとのこと。高原といっても、特に涼しいわけでもなく、大して標高が高いというわけでもなさそうだった。

五十メートルほど離れた道路脇《わき》にクルマを駐車して、周辺の様子を観察しながら歩いた。ロジからは、何を見るのですか、という質問を今にも受けそうだ。

建物は、正面からしかアプローチできない。玄関ホールはロックされているので、ロジに警察へ連絡をしてもらい、通行許可のコードを送ってもらった。一階のホールは広くない。贅沢《ぜいたく》なマンションではなく、庶民的な施設のようだ。世界的な権威であるギャロワ博士の住まいとしては質素すぎる、という印象を受ける。

エレベータで、十四階まで上がった。共通の通路は、正面とは逆方向に開放された空間で、敷地《しきち》の真下を覗き見ることもできる。こちらが街の中心方向で、駅らしい建物が見えるが、鉄道の線路までは確認できなかった。撤去されているのかもしれない。このマンションよりも高い建物は少ないようだ。人気があるのは、あまり近代的な都市ではなく、古い街並みを残しているからかもしれない。

玄関のドアの前まで来た。初めて見る光景だ。左右に通路が伸びていて、背後は、胸より上は屋外。ロジが警察から入室許可を得ようとしたが、協議中だという。既に調査は終了し、データも送ったではないか、と言いたいのだろう。僕は、ドアがロックされていることを確かめた。

右隣のドアが開いて、顔がこちらを向く。明らかに、隣に誰か来たのを察知して、出てきた様子である。軽く頭を下げると、むこうも頷くほどの会釈を返す。男性で、見た目は老年。髪が白い。白人で日焼けしていない。半袖《はんそで》で見える腕は細かった。僕はそちらへ近づく。老人も、中に引っ込むようなこともなく、待っていてくれた。

「こんにちは」少し手前で立ち止まって頭を下げる。

「警察の人ですか?」ドイツ語できかれた。

「あ、いいえ、違います。ギャロワ博士に会いにきました」僕は答える。英語で答えたが、僕のメガネがドイツ語に同時通訳してくれた。

「もうずっとまえから、彼女を見かけていません」老人は話した。「一昨日《おととい》だったか、警察の人が調べていたけれど」

「ギャロワ博士とは、親しかったのですか?」

「私がですか? いや、全然。顔を見たら挨拶《あいさつ》するだけ。うーん、届いた荷物を預かることならあった」

「それは、いつ頃のことですか？」

「半年くらいまえかな。ロボットが来て、掃除をしていたね」

「ロボットですか？　どうしてロボットだとわかったんですか？」

「いや、何時間もいたから、様子を覗きにいったんだが、綺麗に丁寧な仕事をしているから、羨《うらや》ましくなってね。うちもやってもらいたいって思ったんで、それで……、その、そういう話をしてみたら、その受け答えで、ロボットだとわかった。名刺をもらっただけ。だいたいの値段を聞こうとしたんだけれど、それは詳しく打合せをしないと決められないとかで……」

「そういえば、とても綺麗になっていました。あらゆるところが整理されていて……、ロボットが働いたのですね……なるほど。あの、良かったら、その名刺を見せてもらえませんか？」

「ロボットの？」

「ええ」

老人は一瞬眉《まゆ》を顰《ひそ》めたが、無言で頷いて部屋の中に姿を消した。

「お隣のことに関心があるなんて、珍しいですね」ロジが小声で言った。

「そう？　たぶん、仲が良かったんじゃないかな」僕は想像を話した。「だから、気になって顔を出した」

老人が再び戸口に現れ、名刺を見せてもらった。古風なカードで、こういうものをロボットが持っているのは、一種のユーモアにちがいない。老人には内緒だが、ロジが内緒で撮影したようだ。

「これ、警察にも見せたのですか?」僕は尋ねた。

「いや、警察にはなにも。そんなことしないよ」老人は驚いたようだ。「警察なんかとは、話もしないね。どうして、警察がお隣のことを調べているの? あんた、知っているのかい?」

「半年も行方がわからないからだと思います」僕は答えた。正直、そのとおりだ。

「半年くらいなら、旅行とか、あるだろう? 連絡がつかないのかな?」

「そうだと思います。お心当たりがありますか? というか、警察にそれをきかれませんでしたか?」

「だから、警察とは話をしないんだ、私は」老人は不機嫌そうな顔になった。

「そうですか、失礼しました」とりあえず、頭を下げた。

「警察じゃないっていうから、話をしたんですよ、あんたと」

気分を害したらしく、老人はさっさと引っ込んでしまった。僕とロジは、エレベータの方へ歩いた。

「さきほどの会社は、この近くです」ロジが言った。

「え？　ああ、掃除をしたロボットの？」僕は頷いた。

「ホームサービスの会社です。記録を調べてもらいましょうか？」

「うん」

「どうして、あんなに警察を嫌っているのでしょうか？　なにか、不都合なことがありそうです」

「本当に不都合だったら、あんなふうに人に話したりしない。単なる感情的な……、なにか、過去に嫌な思いをしたんじゃないかな。気にするほどのことでもないと思う。わりと大勢いるよ、ああいうタイプは」

「そうなんですか？」ロジが口を歪める。疑問形になっていたが、不満ありげではある。情報局というのは、警察に近いといえなくもない。

ロジとクルマに戻ったところで、ホームサービスの会社に連絡がついた。ロジが尋ねると、答えたのは人工知能らしい声だった。

「エリーズ・ギャロワさんのご自宅の清掃と整理を、そちらが半年ほどまえにしたと思います。それについて、ちょっとおききしたいのですが……」

「エリーズ・ギャロワ様という方は、当社の顧客には存在しません。過去五十年間のデータを検索しましたが、該当するものがございません」

「違う名前で仕事の依頼があったかもしれません。住所は……」ロジは、マンションの所在地を伝える。

「いいえ、該当する記録はございません」

「あの、もしかして、守秘義務かなにかですか？　私の身分をお送りしましょうか？」

「いいえ、もし、データが存在する場合には、そういった手続きが必要になりますが、データが存在しないので、秘密を守っているわけではありません」

「でも、お隣の方が、そちらから来たロボットから名刺をもらっています。その方に、そちらのことを聞いたのですが」

「はい、お聞きした住所の隣の方、お名前は控《ひか》えさせていただきますが、当社の名刺をお渡しした記録はございます」

「そうですか。そのとき、その名刺を持ったロボットは、何をしにそこへ来ていたのですか？」

「その記録はございません。一般の営業活動だったと考えられます」

5

帰路のハイウェイで、クラリスも参加して、話し合った。結局、あの隣の老人は、ホームサービスの依頼をしなかったようだ。クラリスが調べたところ、過去に社会問題の活動家だったらしい。数回逮捕された記録もあった。警察とぶつかった経験があったので、あのようなもの言いになったのだろう。ただ、エリーズ・ギャロワとの関係については、記録やデータがない。

「違法といえるレベルまで検索しましたが、ギャロワ博士とのアクセスは確認できませんでした」クラリスが報告した。「彼は、大勢と毎日会話をしていますが、お隣の話はまったく出てきません。今回の失踪とは無関係である確率が九十三パーセントです」

「あの会社については？」

「こちらも、気づかれずに閲覧できる範囲でデータを確認しましたが、さきほどの返答のとおりで、記録は残っていません」

「矛盾していますよね」ロジが言った。「お隣はロボットが掃除に来た、と話している。現に、名刺を渡した記録もある。でも、掃除の仕事は受けていない。単に、営業に回っているロボットから名刺をもらっただけなのでしょうか？」

「隣に来ているロボットだと勘違いした可能性が高いかと」クラリスが言った。

「うん、まあ、そうかな……」僕は頷いた。「可能性、可能性、うん、そうだね」

「なにか、お考えがありそうですね？」ロジがきいた。

「え？　いや、まだ考えが及ばない」僕は首をふった。

「ロジさんは、どうして、グアトさんに考えがあると判断されたのですか？」クラリスがきいた。

「ふん……」運転しているロジが鼻から息を漏らした。「そんなこともわからないの？」

「そんなこと、というのは、どのような意味でしょうか？　いえ、非難ではありません。誤解のないように。この程度のことは、理解して当然だとの意見をお持ちだと匂《にお》わせているわけですね？　私には、その根拠、あるいは測定の方法がわかりません。それをお尋ねしています」

「なんとなく」ロジが答える。「あなた、ちょっと最近、言葉選びが稚拙《ちせつ》。わざと？」

「私たちは、すべてが意図的です。わざといわれれば、そうかもしれません。稚拙というよりは、成長途上である、と受け取っていただければ幸いです」

「幸いって言われてもねぇ」ロジが顔を顰《しか》める。

「まあ、それくらいにしておいた方が良いのでは？」僕は口を挟んだ。

「どうしてですか？」ロジがきいた。

「話が逸《そ》れているからさ」僕は答える。

「何の話でしたっけ……」ロジが首を捻《ひね》った。

「グアトさんに、なにか考えがあるのでは、とロジさんが尋ねました」クラリスが答えた。

「あ、そうそう。それ」ロジが僕を睨んだ。クラリスは姿がないので、睨む相手が僕しかいないためだ。

「考えというのは、いつもある。常になにかを考えているからね。えっと、何だったかなぁ……」

「可能性、可能性、と繰り返されていました」クラリスが指摘する。「私が、老人はロボットが隣に来たと勘違いした、と話したときでした」

「そうそう、思い出した。つまりね。あの隣の老人は、プログラムのバグだったんだよ。その可能性があると思いついただけ」

「バグ、ですか？」ロジが目を細める。

「何のプログラムのバグでしょうか？」クラリスがきいた。

「いや、考えすぎかな」僕は溜息《ためいき》をつく。「もう少し、うーん、調べた方が良い」

「どこを調べるのですか？」ロジとクラリスが同時に同じ質問をした。

「おや、案外、気が合うんじゃない？」僕は笑ってしまった。

しばらく、沈黙が続く。ロジは前を向いて運転している。クラリスも黙っている。もしかしたら、怒ったのか？

「とにかく、あのホームサービスの会社を調べるように、警察に提案してほしい。情報局を通して依頼すれば、警察も動くんじゃないかな」

「もう調べたって、言われた場合は？」ロジがきいた。「それ以上に何を調べるのか、具体的に示さないと、そこで終わってしまいます」

「まずは、名刺を差し出したロボットの履歴について。メモリィも、もう少し深い階層まで調べた方が良いね。それから、ロボットの躰《からだ》になにか痕《あと》が残っていないか。名刺を渡したあと、どこを歩いたのか。その近辺で、ギャロワ博士に関係がありそうなものがないか……」

「あの、なにか、仮説を立てているのですね?」僕の話を遮《さえぎ》って、ロジがきいた。「ロボットが何をしたというのですか?」

「わからない。でも、身辺の整理を依頼したわけだから、たとえば、極端な話、ギャロワ博士のリアルのボディも片づけたんじゃないかなって、思っただけ」

「リアルのボディを片づけたって……、どういうことですか? 博士は亡くなっていたのですか?」

「その可能性がある」

「でも、なにも、ホームサービスのロボットに頼まなくても……」ロジが眉を顰めた。

「全然おかしいと思います。そんなことをする理由が考えられません。博士は、ヴァーチャルへシフトしようとしたのでしょうか? それだったら、リアルのボディを消し去りたい気持ちがあったかもしれませんけれど、でも、それにしたって、ヴァーチャルに、博士が存在するはずです。ヴァーチャルでも、行方不明なのはどうしてなのでしょうか?」

「それよりも、ロボットの行動は法律で範囲が定められています。そんな違法なサービスをすることはありえません」クラリスが言った。「たとえ、あったとしても、記録が残ります」

「そう、だからね、そういうデータを消し去るなんらかの作為というか、プログラムが実行されているんだ。ヴァーチャルでも痕跡が残されていない、リアルでも博士の近辺のデータが消えているんだ」

「ああ、そういうことって……」ロジは小さく口を開けた。「できるものですか？」

「不可能です」クラリスが答える。

「普通はできない」僕は軽く頷いた。「でも、博士は普通じゃない。不可能だと思われている障害を突破する方法を思いついたんじゃないかな。もしかしたら、かなりハード寄りのバグを利用したのかもしれない。この分野で世界一の知性は、マガタ博士だね。彼女に尋ねれば、なにか手法的なことがわかるかもしれない。手法がわかれば、どんな処理が行われたかを推測して、痕跡を見つけられる可能性がある」

「このことをオーロラに連絡してもよろしいでしょうか？」クラリスがきいた。

「本局に伝えるのは、駄目ですか？」ロジがこちらを向いた。クルマはちょうど信号待ちで停車していた。

「オーロラはOK。でも、情報局へは、少し待って。ただ、さっき話した調査については、ドイツ情報局に依頼して、警察をプッシュしてもらおう」僕はそこで思いついた。
「あ、そうだ。ヴォッシュ博士にまず相談した方が良いね。それは、私が話す」

6

ヴォッシュには、僕の仮説を抽象的に説明し、警察か情報局へ調査の提案をしてほしい、と依頼した。ヴォッシュも僕も研究者だから、説明は抽象的なほど説得力を有する。具体的なことは、末端で作業をする人たちに任せておけば良い。

ロジは、日本の情報局で、クラリスやオーロラを交えて会議をした、と話していたが、そもそも、ドイツではほど関心が持たれていないこともあって、本局のリーダたちをすぐに動かすには情報が足りない、というのが情勢だ、と僕に教えてくれた。

その後、オーロラとまたヴァーチャルで会った。彼女は、マガタ・シキ博士と親密な関係を持っている。そのことは、情報局内ではどの程度認識されているのか、僕にはわからないけれど、博士と関係を維持する方が本局に明らかな利があるので、もし正確に把握していたとしても、許容されているものと想像している。

オーロラは、マガタ博士にエリーズ・ギャロワが開発したプログラムがどんなものか、と尋ねたらしい。

「マガタ博士は、ご存知ありませんでした。ギャロワ博士とも、これまで関係を持ったことはないそうです。ただ、究極の恵み、あるいは、神の最後の賜物という名称はご存知でした。そういったものを、ヴァーチャルへシフトした人々が願うようになるはずだ、と予測されていました」

「え、では、どのような機能を持つものか、見当がついているということ?」僕は尋ねた。

「生きている価値、その中でも、自身に満足し、生活の潤《うるお》いを感じさせるようなもの、簡単にいえば……」オーロラは、そこで二秒ほど間を置いた。「幸せを創出するプログラムだろう、とのことです」

「それはまた、ますます茫洋《ぼうよう》としたイメージだなぁ」僕は微笑んだ。幸せという言葉に反応したのではない。マガタ・シキの言葉にしては、あまりにも曖昧だったからだ。「マガタ博士自身が、その、幸せとおっしゃった?」

「そうです。あまりにもストレートで、私も予期していませんでしたので、正直、驚きました」オーロラも微笑んだ。

「幸せを、どのように創出するのだろう?」僕は話す。「ヴァーチャルにおいて、個人の周辺のデータを修正し、本人が望むようなふうに、その……、でっち上げてしまう、ということなのかなぁ? でも、そういった場は、ヴァーチャルの初期から既にあったはず。

大量に存在するのでは？　いうなれば、ゲームの世界がそうだよね。やりたいことが思い切りできる、周囲との関係も、その場限り、つまり、周囲の人間も環境も、すべて架空の存在として、データとして作り上げれば良い。記憶容量と演算速度の制限はあっても、それは、これまでも可能だった。やろうと思えば、あるいは、金さえかければできた。違うかな？」

「私も、そのとおりだと思いました」オーロラは頷く。「いえ、そう思っているので、具体的にそのような手法で実現するだけのことだろう、それなのに、何故、これまでにない価値を持つものと期待されているのか、と疑問を持ちます」

「そういった既にある都合の良い個人世界を、現在の人々が求めているとは思えない」僕は話す。「むしろ、今の大衆は歳を取って、ずっと体験してきたヴァーチャルに飽きてしまっているんじゃないかな。リアルを捨てて、ヴァーチャルへシフトする流れはあっても、顕著な増加傾向は今のところ見られない。どちらかというと、ある程度のところで頭打ちになっているように観察される。やはり、リアルのボディを捨てることに対する抵抗がある。無条件でパラダイスへの移住、とはなっていない。つまり、完全なヴァーチャル社会にはなっていない。まだ欠けているものがある、と感じている人が多い」

「私たちには、実感の難しいテーマだといえます」オーロラは言った。「私たちには、リアルで生活することが、むしろヴァーチャルですから」

オーロラは、ときどきロボットとしてリアルで登場する。そのときの感覚が、彼女には、人間が感じるヴァーチャルに類似したものなのだ。リアルとヴァーチャルは、単なる表裏であり、どちらに軸足を置くかの違いでしかないのだろう。その認識も、理解できそうな気がした。

「私が話を聞くのではなく、グアトさんが直接マガタ博士と話される方が、きっと理解が早いのではないかと推測しました」

「うん、でもそのまえに、ギャロワ博士の動向をもっと調べて、周辺のデータを探さないとね。想像した可能性の上に仮説を立てているから、どうも構造的な弱さを感じてしまう」

「確率の範囲が広すぎるということですね?」

「まあ、そうだね。そういうこと」

「記録のデータを消す作業についても考えてみました。個々のデータの消去ならば、鍵《かぎ》を開けるテクニックさえあれば比較的簡単ですが、周辺との辻褄を合わせる処理には、非常に高い知能が要求されます。何故なら、架空のストーリィを創作し、それに応じたデータ改竄を行う必要があるからです。ストーリィがなければ、どこかで矛盾が生じます。また、そのストーリィが常識的といいますか、不自然さのないものである必要があります。それには、関係する人々の個々のキャラクタを理解していることが不可欠となります」

「うん、なりすますためには、その人の行動や性格を理解していなくてはならない。それでも、たとえば、隣の老人が、ロボットに話しかけるところまでは想像できなかった。だから、彼の行動が記録として残ってしまった。名刺を渡したこともね。そこに小さな矛盾が生じる。結局、リアルでは完璧にデータを消すことは不可能だから、ある程度のレベルまで。もっといえば、警察が調査するようなレベルまでだね。隠したときに生じる痕を綺麗にして、自然に見せかけるという具合かな。そのプログラムは、きっと今も動いていて、今も、どこかでデータを改竄しているだろうね」

「調査するよりもさきに、つぎつぎとデータを書き換えてしまうわけですね。その意味では、真実が隠されてしまう、恐るべきプログラムといえるかもしれません」

「そう、一種のテロだと考えても良いと思う。本局の上の人たちに、テロだと教えてあげるのが良い。その言葉だけで、少しは本腰を入れるはず」

「たしかに、悪用される可能性はあります」オーロラは頷く。「やはり、ギャロワ博士を見つけ出すことが急務といえそうです」

「ドイツの情報局は、その危険性を察知しているのかな?」

「情報交換している範囲では、そうではありません。日本と同じです。高い価値があるものをギャロワ博士が作り上げた。それを狙っている勢力があって、彼女はそれを恐れて身を隠している、という認識です。ギャロワ博士の身の安全を確認することが第一の任務ですが、捜し出しても、その価値を情報局が受け取れるわけではないので、消極的にならざるをえません」

以前よりは、深くまで調査をすることになった、とオーロラは話した。しかし、その分、範囲が広がり、解析に時間がかかるだろう、とも。

「どれくらいかかるの？」

「十八時間くらいかと」

やはり、人間と人工知能では、時間の感覚がだいぶ異なっている。僕は吹き出しそうになったが、我慢した。オーロラとは、その結果が出たところでまた会うことを約束して別れた。

「あれ？　また会議？」

棺桶から起き上がると、隣の棺桶でも、ロジが上半身を起こしたところだった。

「いいえ、ちょっと母と会ってきました」ロジが微笑んだ。

「子供は順調？」

「もちろんです。順調じゃなかったら、ここにいません」

「そうだね。そろそろ、名前を決めないといけないのでは？」

「そうですね」

「決めているの？」

「いいえ」ロジは首をふった。「決めています?」

「いや、決めていない。いつまでに決めないといけないもの?」

「知りません。初めてのことですから」

「それは、うん、私もそうだけれど」

「日本の名前にしますか? というか、どこで個籍を申請しましょうか?」

「ああ、そうか、そういうことを決めないといけないのか」

たしかに、考えてもいなかった。ドイツで生活をしているけれど、ロジが子供を産んだのは日本だ。二人とも日本の国籍を持っているし、ドイツの市民権も得ている。どちらでも申請できそうだ。クラリスにきけば、法的にどうなのか教えてくれるだろうが、ロジの目の前で、彼女に尋ねるのはやめた方が良さそうだ、くらいの判断力は持っている。

「少しは気になりますか?」ロジは棺桶から立ち上がって、こちらを見ないできいた。

「少しということはない。とても気になる」僕は答えた。ロジの質問に、ただならぬ気配があるな、と感じた。なにか、ストレスを抱《かか》えているのだろうか。

しかし、彼女は黙って階段を上がっていった。

つまり、もう少し僕は気にした方が良い。もっと彼女に関わった方が良い。その方が嬉《うれ》しいというサインを送ってきた、と解釈することができる。なるほど、それはそのとおりかもしれない。しかし、どう気にすれば良いのか、どこで関われば良いのか、具体的にそのシチュエーションを思い浮かべると、考えがそこで行き止まりになってしまう。難しい問題だ。

とりあえずは、名前を考えよう、と決意した。

7

数日後、ロジに連絡があり、警察と情報局の人間が訪問する、とあった。ロジは神経質になって、非常識だ、とかなり大きな声で呟いた。僕は、仕事場を片づける。応接間というものはない。玄関を入った最初の部屋が、僕の仕事部屋だから、ここで会うのが良いだろう。奥へ入れなければ、ロジの機嫌も多少は持ち直すはず、と考えた。

一時間半後に男女二人がやってきた。どちらも若く見える。男性はシュトール捜査官で、ドイツ情報局員。女性はレーブ刑事で、テロ関連の部署だと挨拶した。仕事部屋には、背もたれのない木の椅子しかない。そこに座ってもらい、僕は、仕事のときに使っているやはり木の椅子に腰掛けた。

少し遅れて、奥からロジが現れ、二人と識別信号を交換したようだ。彼女は、完全に仕事モードになっているのか、それとも機嫌が悪いのか、にこりともしなかった。

「エリーズ・ギャロワ博士の失踪事件に関して、最近、広範囲で本格的な捜査を行いましたので、ご報告に伺いました」シュトールが話した。「警察と情報局で共同の捜査本部も立ち上げ……」

「何故、直接、つまり、リアルでいらっしゃったのですか?」話を遮って、ロジが質問した。「捜査本部のことは連絡を受けております。ご説明は無用です」

「はい、失礼しました」彼の笑顔は少々曇ってしまった。「実は、私とレーブ刑事は、リアルでの捜査担当なのです。ギャロワ博士の自宅周辺や、彼女とホームサービス会社の関係などを調べました。ヴァーチャルの担当者は、また別に報告に伺うはずです」

「リアルの担当でも、報告はヴァーチャルで良いのではないでしょうか?」ロジが言った。「わざわざ遠方まで訪ねてくるなんて、無駄が多すぎます」

「はい、それはごもっともなご意見だと思います。最初だけご挨拶させていただいて、次回からはヴァーチャルでご報告させていただきます」

いかにも、役所らしい手法だな、と僕は感じた。

「それで、なにか手掛かりが見つかりましたか?」僕はきいた。早く内容を聞きたい気持ちの方が強い。リアルでもヴァーチャルでも、情報のコンテンツは同じだろう。

「私からご説明させていただきます」レーブ刑事が話した。銀色のメガネをかけていて、顔の半分は見えない。「結論をさきに申し上げますが、ホームサービス会社のロボットの一人から、ギャロワ博士の血液の跡を発見しました。また、このロボットがクルマを運転し、郊外へ向かったことがわかっています。いずれも、ロボットと会社のデータには記録がありませんでしたが、ロボットがレンタルしたクルマの走行記録は残っていました。周辺のカメラの映像は、半年まえですので、数が限られましたが、この車両が写っている記録を見つけました」

「半年まえなのに、血痕《けっこん》が見つかったのですか?」僕はきいた。「ロボットのどこから?」

「指の関節の微細な隙間《すきま》からです。グアト様とヴォッシュ博士のご指摘があり、徹底的に検査しました。法的にも有効な証拠となります」

「何の証拠ですか?」僕は尋ねる。

「まず、ロボットがギャロワ博士と会った、あるいは彼女の自宅を訪れたことは、まちがいありません。ロボットから血痕が出たことを受け、自宅を再捜査したところ、バスルームの排水管から、血痕が検出されました」

「なにか、犯罪的な行為があったということですか?」僕はきいた。

「ロボットがクルマをレンタルしたのは、ギャロワ博士の家を訪ねたのと同じ日の夜間のことです。しかし、クルマからは血痕は見つかっていません。ただ、かなり大きな荷物、その映像がクルマのデータに残っていましたが、シートに包まれた荷物を運んだようです。そこまでが判明していることです」

「もしかして、人間の大きさくらいの?」

「はい。そう考えております」

「それで、クルマで運んだ先は?」僕は、彼女に話を促《うなが》した。

「郊外で森の中を抜ける道路を走りました。半年まえのことですし、クルマの位置は記録に残っていますが、目的地は、ある程度の範囲でしか絞り込めません。近くには人家も少なく、夜間ですので、目撃情報も期待できません」

「ロボットは、そこへ行って、また帰ってきたのですね?」

「クルマが停車していた時間は三十分ほどです。その後、ロボットは来た道を戻り、クルマを返しました。クルマには異状はありませんでした」

「荷物を置いてきた、わけですね?」

「そう考えております。現在、該当地域を捜索中です」レーブ刑事は説明する。「何故、ロボットやホームサービス会社にデータが残っていないのか、この理由は不明です。トランスファなどによるハッキングとは考えられないそうです」

「一つのデータが消去されると、データ数やアクセス数で痕跡が残ります」今度はシュトール捜査官が説明した。「そこまで修正するには、サーバやバックアップまで改竄する必要があります。簡単にできることではありません。これは、ヴァーチャルでの捜査を担当している者からも上がっている感想ですが、削除されたのだとしたら、その処理が驚異的だそうです。これまでにない高等な知的処理でしか実行できない技術だと話しておりました」

「ただ、リアルでは、完璧にはいかなかったようですね」僕は言った。「ロボットがレンタカーを使ったデータが残っているのは、不思議です。そこまでは計算できなかったということでしょうか？」

「その日に、会社のクルマが故障したのです」レーブ刑事が答える。「故障した記録は残っていません。ロボットも覚えていませんでした。ただ、レンタカーの会社が、ロボットが自分のクルマが故障したから、と話していたことを覚えていました」

「なるほど……、突発事故だったわけですね。ヴァーチャルではありえないけれど、リアルでは、突然機械が故障するから」

「故障したのは、ロボットの方だったのでは？」ロジが言った。「死体を運ぶなんて、ありえないのでは？」

「その異状があれば、ロボットに記録が残るはずです」レーブが答える。「機械的なトラブルは、ロボットのメーカの責任になり、外部からアクセスできないメモリィ領域に記録が残るので、消去するには、ロボットを分解するしかありません」

レーブ刑事は、かなり切れ者のようだ。受け答えが早く、しかも説明が的確だ。ウォーカロンかもしれないが、見た感じ、仕草の感じが典型的なタイプには見えない。ウォーカロンだとしたら、ユニークなタイプになる。

しばらく、沈黙が続いた。調査の報告は終わったようだ。

「つまり、殺人事件の可能性がある、と理解して良いのですか?」ロジが確認した。

「いえ、断定はできません。まず、ロボットが殺人を犯すことは確率が低く、特別な指令を受けた場合に限られますが、そもそも、サービスを頼んだのは、ギャロワ博士本人であると推定されます。ロボットは、ホームサービス会社の正規のもので、外部からなんらかのプログラムを仕込むことは考えにくいかと」

「あるいは、第三者がいて、ロボットはその人物に利用されたと考えた方が良いかもしれません」シュトール捜査官が言った。「それ以前から、ギャロワ博士は狙われていたと思われます。おそらく、自宅で博士は殺害されたのではないでしょうか。そして、博士の名を騙《かた》って、ホームサービスを依頼した。この点は、現在データを再度検証中です。殺人の痕跡を消すことが目的で清掃をさせた可能性があります。どのようにして、ロボットにその死体搬出のアシストをさせたのかは、証拠が残っていません」

「まだ、亡くなったことが確認されたわけではありません」レーブ刑事が遮った。「拘束され、誘拐された可能性もあります。博士が開発したソフトを奪おうとしたものと考えられます。それを得て、利益を上げるためには、当然、博士を生かしておく方が有利でしょう」

「今回、ロボットやホームサービス会社の捜査が必要だとのご指摘をいただき、思いもしなかった証拠を発見することができました」シュトールは、そう言って、軽く頭を下げた。「なにか、ほかにお気づきのことはありませんか？　リアルの現場を見にいかれたのは、なにか疑わしい点があったからだと推察いたしますが……」

「うーん、ちょっと見たかっただけですよ」僕は苦笑した。「たまたま、隣の老人が出てきて、ロボットのことを聞いただけです」

「そのようなところに突破口があるとは、思ってもみませんでした」シュトールが言った。この人物は、捜査のプロではなく、調整役的なポジションなのだろう、と感じた。

「もし、ギャロワ博士の自宅をご覧になりたいのでしたら、ご案内いたします」レーブが言った。どうも、銀色のメガネが気になってしまう。顔を見ると、鏡のようにこちらが映るからだ。

「いや……、それには及びません。でも、今、捜索中だという、その郊外の現場は、一度見てみたい。まだ、範囲が広そうだから、もう少し、そのなにかの痕跡が見つかってからでもけっこうです」

レーブは無言で頷いた。

8

シュトールとレーブが帰ったあと、今度は日本の情報局から呼び出しがあり、僕とロジは地下で棺桶に入り、ヴァーチャルにログインした。

相手は、オーロラ一人だった。珍しく、黒いワンピースで、正装しているような雰囲気だった。場所も、いつものように美しい自然の中ではなく、本局の会議室だった。壁も天井も白いので、コントラストが際立つように黒い服装を選んだのかもしれない。

「お呼び出しして申し訳ありません」オーロラはすぐに話を始めた。「ドイツ警察が、グアトさんに会いにきたと思います。どのような話だったのでしょうか？　こちらへはまだ情報が伝わってきません」

「ああ、そうなんだ」僕は少し驚いた。組織というのは、潤滑に運営されるとは限らない。情報が共有されるのに時間差が生じるものだ。

たった今、聞いたばかりの内容を、オーロラに説明した。ロジは黙っていて、すべて僕が話した。

「では、ギャロワ博士が事件に巻き込まれた可能性が高くなったわけですね」オーロラは呟くように話した。そう話している間に、その確率を演算しただろう。「そうなると、博士のソフトを狙っている勢力を調査する必要があります」

「誰が狙っているの？」僕は尋ねた。

「主に、ヴァーチャルの運営あるいは管理をしている団体、実際にそれに携わる人工知能です。ヴァーチャルにおける新しい価値をもたらすソフトウェアは、ヴァーチャルの経済を動揺させます。その動揺によって、利益の偏りが生じるので、そのタイミングを知りたい、できれば、自分たちでコントロールしたい、と考えるはずです」

「よくわからない」僕は首をふった。「ようするに、投機筋の関係ってこと？」

「それもあります。いずれにしても、価値というのは、動揺による波が大きくなるほど、短時間で利益を上げることができます。それを狙っている、または、それを防ぎたい、といった鬩《せめ》ぎ合いになります」

「うーん、どうも、私からは遠い世界のようだね」僕は溜息をつく。「まだ、具体的にどんな機能のものかもわからないのに、その価値を期待して、みんなが動いているわけだ。そういうのを嫌って、ギャロワ博士は姿を眩《くら》ましたのかもしれない」

「騒動を嫌ったのであれば、そのソフトの権利を手放せば良いだけでは？」ロジが言った。そう、それはもっともな意見だ、と僕は思った。

「でも、少しは見返りがほしいのかもしれない」僕は言った。「それでも、どこかに売ってしまえば済む話だね」

「既に売却されている可能性もあります」オーロラが言った。「ただ、金銭的な動向は、博士の周辺で観測されていません。金融に現れない価値、たとえば、宝石とかで支払われた場合は、観測できませんけれど」

「でも、それを売れば、発覚してしまうよね」僕は指摘する。「宝石を持っているだけで幸せになれる人なら良いけれど……。そうか、博士は、なにか欲しいものがあったんだ。それをもらって、ソフトを手渡した。そして、その欲しいものと一緒に消えてしまった。うん、この流れは、どう？　ありそうな気がする」

「でも、ロボットにボディを運ばせたわけですよね」ロジが言う。「あれは、また別人なのですか？」

「いや、人間だと判明したわけではない」僕は言う。

「どうも不確定なことが多すぎて、何が起きているのか、誰が関わっているのか、全然見えてきません」ロジは首を左右にふった。

「ギャロワ博士は、たぶんヴァーチャルで身を潜めているのだと思う。博士ほどの技術を持っていれば、リアルで隠れるよりも、ヴァーチャルで隠れる道を選ぶはずだ。リアルのボディは、もしかしたら捨てたのかもしれない」

「捨てた？　それをロボットに運ばせたということ？」ロジが目を見開いた。「そうなると、自殺ですか？」

「その可能性は低くありません」オーロラが頷く。「ヴァーチャルで究極の幸せを手に入れることができる確かな手法が完成したのであれば、リアルのボディは重荷だと感じられる、ということかと」

「もし、そのソフトが広く世に出回れば、大勢がリアルを捨てて、ヴァーチャルへ流れる。現在でも、ヴァーチャルへのシフトはじわじわと増加しつつあるから、一気に主流となる可能性はある。それを恐れている人がいるかもしれない」

「恐れている人はいますよ。私も、そうなるのは、うーん、生理的に受け入れられません」

「どうして?」

「せっかく子孫が増やせることになったのに、人類の衰退を早めてしまう方向だと思います」

ヴァーチャルで生きる人たちも人類だし、ヴァーチャルで生まれる人も、いずれは人類とみなされるだろう、と僕は考えている。でも、今はロジの意見に反対するつもりはまったくない。どのように考えるのも、自由であり、個人の権利として認められているからだ。

「考える必要があるのは、博士の周囲でいろいろなデータが明らかに消えていること」僕は話題を変えることにした。「どんな手法で、それが実現できるのか、君やアミラの分析を聞きたい」

「非常に面倒な手続きになります。しかも、過去に遡ってのことのようですから、履歴を調査し、傾向を分析し、それぞれの動向、あるいは判断をシミュレートしなければなりません。人工知能が関わっていることは確実ですが、小規模な演算ではありませんから、多数の知能が共同で計算し、そのソフトの開発段階から関わっているものと推定されます。ギャロワ博士が天才であったとしても、一人の人間の頭脳で完成させられるものではありません」

「その、関わっている人工知能を割り出そうとしているんだね?」僕は鎌《かま》をかけた。

「ええ、指示されていませんが、私とアミラで秘密裏に調べています。ただ、分散系の処理をしているとしたら、簡単に見つけられるものではありません。演算結果がどこで集計されているのか、という観点で追跡しますが、集計されていない場合も考えられます。大勢がそのソフトを使えば発覚しますが、現在は、そのような兆候はありません。数例のシミュレーションに留まっているとしたら、発見は難しいと思われます」

9

ところが、二日後の朝に、レーブ刑事から連絡があり、僕とロジはまた現場へクルマで向かうことになった。ヴァーチャルではなく、リアルの現場だ。かなり大掛かりな捜索が行われた結果だという。

その場所は、エリーズ・ギャロワ博士の自宅があった街から十五キロほど離れた森林で、クルマで近づける道路から三百メートルも離れていた。警察の車両が数台駐車されている草原で、僕とロジはクルマを降り、警官に案内されて、森の中へ歩いて入った。比較的平坦《へいたん》な地面ではあったものの、枯葉が堆積《たいせき》し、また倒木も多く、真《ま》っ直《す》ぐに進めない場所も多かった。

森を抜け、水辺に出た。沼なのか湖なのかわからない。水面からも高く伸びた草が茂っているので遠くは見渡せない。どこまで水面が続いているのかわからなかった。ただ、水は流れている様子がないので、川ではなさそうだ。

水辺に沿ってさらに百メートルほど歩いた。地面は水分を含み、足跡がしっかりと残るくらい柔らかい。靴が汚れるので、できるだけ森に近い側の落葉の上を歩いた。

長靴を履いたレーブ刑事が待っていた。近くにプラスティック・ボートもあった。周囲には、ロボットと思われる係員が十名ほどいて、それぞれ地面を見ながらゆっくりと歩き、なにかを探しているようだ。

「ここです」レーブは、草が倒れている箇所を指差した。「ドローンが発見しました。死後数カ月の女性の遺体です。ついさきほど、検屍《けんし》の途中報告があり、エリーズ・ギャロワ博士であることが判明しました」

ここに今それがなくて良かった、と思った。しかし、見られなかったことが少しだけ残念でもあった。複雑な気持ちといえる。

朝の連絡のときには、まだ死体の身元は判明していなかったが、着衣などから、エリーズ・ギャロワである可能性が高いとは聞いていた。レーブは、歯切れの良い説明をしてくれた。現在、周囲で遺留品を探しているという。

「死因は?」僕は尋ねた。

「初見では、目立った外傷はなさそうでしたが、腐敗しているので、確かなことはわかりません。現在調べているところです」

「ここまで来て、殺されたか、あるいは自殺したのか……。そのあたりの可能性はどう?」さらに尋ねる。

「いえ、可能性が高いのは、死んだ状態で、ここへ運ばれた、というものです。おそらく、水の中へ投げ入れられた。雨が降ると、ここは増水します。腐敗して浮いたものが、風で岸へ流されて、ここに留まった。人が来るような場所ではありません。また、幸運にも、野生の動物に見つかることもなかった」

「野生の動物なんて、ここにいるのですか? そんな肉食の……」

「どうでしょうか、それは調べておりません」レーブはそこで溜息をついた。

振り返ると、ロジがすぐ後ろに立っていて、腕組みをしていた。口を一文字に結び、無言で周囲を見回している。彼女は帽子を被《かぶ》り、髪を上げていた。その帽子に、ドライブのときにかけていたゴーグルが上げられている。

「持ち物は？　何か所持していましたか？」僕は質問する。

「なにも見つかっていません」

「貴重なものを身につけていましたか？」

「詳細には調べていませんが、目立ったものはなかったと思います。映像をご覧になりますか？」

「いや……」僕は片手を広げた。

「見せて下さい」ロジが近づいてきた。

レーブが片手を差し出し、ホログラムを見せた。僕は、そちらを見ないように水辺を移動し、捜索を続けているロボットたちを眺《なが》める。ギャロワ博士の遺体は、どうしてこんな場所へ運ばれたのか、それは、人目につきたくないという意思があったからだろう。人間は、自分の亡骸《なきがら》を自分一人で処理することができない。誰かに頼むしかない。リアルでは、そんな不自由な制約がある。

死んでも、不自由だということだ。

死は、自由を獲得するものではない。

それ以前に、どんな理由で死が選択されたのか。ヴァーチャルで博士は生き続けているはずだから、これを死として捉えること自体が間違いかもしれない。単なる廃棄、あるいは処理でしかない。

ロジが、近づいてきて、僕の耳もとで囁《ささや》いた。

「気持ち悪いのですか?」

「見てないから、気持ち悪くない」僕は答える。「ほとんど白骨化していた?」

「ええ、まあ、そうですね」ロジは小さく頷いた。「ソフトを売って得た宝石を奪われた、と考えているのですか?」

「ヴァーチャルで生きるつもりだったら、リアルで宝石なんかもらわない」

「でも、ヴァーチャルで金銭的な譲渡をしたら、すぐに見つかってしまいます」

「それを隠してしまえるような技術があったのかも。そういうソフトを開発したのかもしれない」

「なるほど……。だとしたら、そのソフトを欲しがる人が大勢いますね。見えない富というのは、社会の管理側からすれば脅威ですが、富を持っている人たちの夢の一つかもしれません」

「でも、それを、究極の恵み、なんて呼ぶかなぁ。まして、賜物なんて、神様のばちが当たりそうだ」

現在の税制というのは、既に見えない徴収となっている。マネーは電子信号なので、その流れを把握する人工知能が、流れの上澄みをそっと掬《すく》うように、人知れず徴収しているのだ。そういった見えない税を免《まぬが》れるためには、ヴァーチャルではないリアルの価値を譲渡するか、あるいは電子マネーをなんらかの処理で不可視化するしかない。しかし、税を管理する人工知能を出し抜くことは、技術的にも、また知能の構築にも、困難を極めるだろう。

ギャロワ博士が、そんな脱税プログラムを開発したというのか。もし、それに近い手法が編み出されたとしたら、たしかに命の危険を感じるかもしれない。現に、リアルのボディは排除されてしまった。このあとは、ヴァーチャルでの逃亡と追跡になるだろう。

レーブ刑事が近くまで来て、僕を見つめる。なにか話をしたいようだ。

「ギャロワ博士の死体を発見したことは、できるだけ秘密にします」レーブが話す。

「それは、たぶん無理でしょう」僕は彼女に言った。

「はい、数日のうちに情報が漏れて、ヴァーチャルへも広がると思われます。大勢が関わっているし、検死の結果も正式に報告されますから、時間の問題ですね」

「どうして、気にされているのですか？」僕は尋ねた。

「ギャロワ博士本人が、自分のリアルの死を知ることで、なんらかのアプローチがあるのではないでしょうか？」

「たとえば？」

「警察か情報局に保護を求めるといった……」

「しかし、ヴァーチャルであれば、殺されることはありませんよね」

「ええ、でも、誘拐や拉致《らち》はありえます」

「なるほど」僕は頷いた。刑事の言うとおりだ。

「ギャロワ博士が身を隠している理由は、リアルの富を隠すためか、あるいは、親密な身内を守ろうとしている可能性もあります」

「恋人とか子供とか、ですね」僕は言った。

「そうです。記録上は、いずれも存在しませんが、そういった身内を守るために、ヴァーチャルで隠れているのかもしれません」

「あまり、そういった想像をしていませんでした」僕は話した。「それだったら、最初から助けを求めていたのではないでしょうか？　隠れるまえに、なんらかのメッセージを残しておいたはずです」

「遺書のようなものですね」レーブは頷いた。「今のところ発見されていません」

「メッセージを隠すようなことは、普通はしない。目立つように残すものです。何故、なにも語らずに消えてしまったのでしょうね」

「天才の考えることは、私たちには想像もできません」彼女は首を左右にふった。

第2章　究極の矛盾《むじゅん》　The ultimate contradiction

たとえば、子どものころからうるさくまとわりつく保育知性体があるとする。その基本動機は物語を語ることだ。母がそのほうがいいと思って設定した。しかし子どもは成長すると物語など聞かなくなる。かわりにほかのものに興味を持つ。まあ、執着するといってもいい。それは調査を必要とする。人類の目撃例を銀河規模のネットワーク全体で調べるのは簡単ではない。助手が必要。そこでだ。この仮説的な状況で、存在しない友人を捏造する。

1

その日の夜に、警察から連絡があり、発見された遺体の死因は窒息死だと断定されたそうだ。また、頸骨《けいこつ》に痕跡があり、絞殺されたか、あるいは首を吊《つ》ったのか、いずれかだろうと推定された。亡くなる以前の彼女が健康だったことは、病院のデータなどで垣間見《かいまみ》ることができる。十年以上まえに新しい臓器を入れる手術を受けている。その時点では、もっと長生きをしようと考えていたことはまちがいない。

翌日、僕とロジはヴァーチャルにログインし、ギャロワ博士のそちら側での生活を辿《たど》ることになった。案内してくれたのは、ドイツ情報局のかなり高い役職の人物だったが、ほとんど挨拶だけで彼は去り、同局の人工知能のルートが引き継いだ。見た目は、中年の女性で、黒いスーツにネクタイをしている。警官のような雰囲気だった。短い挨拶を交《か》わしたあと、ルートはギャロワ博士の調査について話した。

「エリーズ・ギャロワとして、ヴァーチャルで生活していた痕跡は、半年まえまで残っています。ほとんど他者との交流はなく、研究関係の交流も確認されていません。主に、人工知能相手のコミュニケーションがメインだったのでしょう」

「特定の人工知能ですか?」僕は尋ねた。僕とロジは、噴水の近くのベンチに腰掛けていた。

「いえ、どこにも所属していない、大勢のユーザを相手にする一般の知能です」彼女は、僕の二メートルほど前に立っている。「また、博士が立ち寄った場所など、行動の履歴を調べていますが、目立ったものは見つかっていません。博士の自宅へご案内しましょう」

公園の前の広場にいたのだが、少し歩くと、遊園地の入口があり、ルートはその中へ入っていった。有料の施設だが、ルートが三人分のパスを持っていて、入口でそれを見せた。

賑わっている、というほどではないが、それでも大勢の人々が歩いている。ときどき、小さな子供がいて、ロジがそちらに目を向けた。しかし、本物の子供ではないだろう。子供がヴァーチャルの情景アイテムである場合がほとんどのはず。

「遊園地の中に自宅があるのですか？」ロジが尋ねた。

「はい、そうなんです」振り返ってルートが答える。「遊園地自体が、部屋を貸すサービスをしています。こういう場所に住みたい人がいるようですね」

「へえ、騒がしいんじゃないかな」僕は言った。「まあ、音くらいはどうにでもなるわけか……」

「遊園地のスタッフの一人が、ときどきギャロワ博士と話をしたこともわかっています。三十分後に約束をしていますので、のちほどご紹介します」

大きな観覧車の前まで来た。どれくらいあるだろうか。直径が五十メートルほどだろうか。色とりどりのゴンドラがぶら下がり、ゆっくりと回転している。その乗り場へのスロープをルートに従って上っていった。

乗り場にいる係員に、ルートがなにかを見せる。係員は頷いた。そして、次に近づいてきたゴンドラの扉を開けにいった。どうぞ、と手招きをするので、僕たちもそちらへ行く。ゆっくりと移動しているゴンドラに、僕たち三人は乗り込んだ。乗り場から、少しずつ離れ、同時に少しずつ高度を増していく。高い位置まで上がるのには、まだ相当時間がかかりそうだ。

「ここから見えるところに自宅が?」僕は尋ねる。

「いいえ、そうではなく、ここが、ギャロワ博士の自宅でした」ルートが両手を左右に動かして答えた。「ほかの人は入れません。係員にコードを送ると、次にやってくるゴンドラがレンタルの部屋になります。ここを、二十年間借りていたようです」

「周囲の景色を見るために?」僕はきく。

「そうではありません。こちらのドアから……」ルートは、入ってきたドアと反対側のドアのロックを外し、それを開けた。

開けると危険なので、一瞬身を引いてしまったが、ドアの先に暗闇が広がっていた。ルートがそこに足を踏み入れると、照明が灯る。広い部屋がそこにあった。

「どうぞ、こちらへ」ルートが手招きする。「落ちるようなことはありませんので、ご安心下さい」

「気持ち悪い趣向ですね」と話しながら、僕はその部屋に入った。

ロジもついてきた。部屋はゴンドラよりもずっと広い。周囲に窓があって、さきほどと同じような風景が見えた。少しずつ動いている。つまり、ゴンドラと同じように高くなっているようだ。

室内には、ベッドがあり、デスク、ソファなどもあった。奥行きも間口も八メートルほどで、天井は三メートル以上ある。中央にドーム状の天窓もあった。入ってきたドアは、今は普通の部屋の木製のドアになっている。そちらの壁にも窓があるが、観覧車を支える構造は見えない。宙に浮いている部屋というわけだ。

「この観覧車を自宅にしている人は、何人くらいいるのですか？」ロジが尋ねた。

「二百人以上います」ルートが即答した。「でも、近所の人どうしで集まったりといったことはなく、基本的に近所づき合いというものはなかったようです」

ヴァーチャルだから、いくらでも収容できるということだ。円形のフレームのどの位置に存在しているのかも任意だろう。料金さえ払えば、部屋数を増やすことも可能のはず。まさに、すべてが設定データなのである。ルートが、観覧車の住人のリストが必要か、ときいてきたので、いちおうもらっておくことにした。

部屋の中にあった小物類は、警察が調べた。実際に見ても、それが全部なのかもわからない。データを他《ほか》のデータと照会するなどの分析は必要だろう。ヴァーチャルに存在するものは、物質ではないので、重ねたり、圧縮することもできる。いくらでも収納できるのだ。不審なもの、失踪に関係ありそうなものは、今のところ見つかっていないそうだ。

クラリスからメッセージが届いた。ヴァーチャルにいるときに連絡が入るのは珍しい。僕にだけ見える文字が、目の前に表示された。

〈バルテルスという名前がリストにありました。この人は、ギャロワ博士のリアルの自宅の隣人と思われます〉

ルートがくれた観覧車の住人のリストを、ロジはオーロラに、僕はクラリスに送っていた。それを見て、気づいたということらしい。

「どうかしましたか？」ルートが尋ねた。

「今いただいたリストの中に、リアルでロボットから名刺をもらった人、ギャロワ博士の自宅の隣人男性が含まれているようです」僕は話した。

「確認します」ルートはそう言うと、一瞬黙って目を瞑った。「はい、リアルの捜査班と情報交換をしました。おっしゃるとおりです。こちら側でも調べてみましょう。ご指摘、ありがとうございます」

2

部屋を出ると、観覧車のゴンドラに戻り、乗り込んだときの場所に、降り立った。同じ係員が、ドアを開けてくれた。

遊園地のスタッフが、観覧車の前の広場でこちらを見ている。ルートが軽く頭を下げると、それに応じたので、ルートが約束をした人物だとわかった。遊園地のスタッフの制服を着ている中年の男性だった。

「彼は、ここで働いているのですか？」僕が尋ねると、ルートは彼の履歴を僕に送信した。リアルでは仕事を退職していて、ヴァーチャルでこの仕事をしているドイツ人で、年齢百四十歳の元会社役員、と文字が表示された。

近づいて、握手をする。彼はノルドマンと名乗った。白人で髪はグレィ、目が青い。ただ、ヴァーチャルなので、いずれも個人を識別するものとはなりえない。

「エリーズを捜しているのですね。なにか手掛かりが見つかりましたか?」ノルドマンはきいてきた。こちらが尋ねたい事項である。

「いいえ、なにもわかっていません」ルートが答える。「貴方《あなた》は、ギャロワ博士とリアルで会ったことがありますか?」

「いいえ」彼は首をふった。「そこまで親しかったわけではありません。こちらでは、ときどきおしゃべりをしたり、一緒にどこかへ出かけたりしましたけれど。でも、それだけの関係です。最近、いらっしゃらないので、どうかされたのか、と心配していました」

「会わなくなって、どれくらいですか?」ルートが質問する。

「うーん、どれくらいかな、一年にはなりません。このまえ会ったときは、雪が降っていた。冬でした。それで、スキーをしないかって、誘ったのですが、彼女はそういうスポーツは苦手だ、と話していた」

「なにか、様子に変わった点はありませんでしたか?」僕はきいた。

「うーん、どうかな、いや、気づかなかった。というよりも、彼女はいつも、様子が変わっているから。なんというのか、普通じゃない」

「どんなふうに、変わっているのですか？」さらに尋ねる。

「そう、なにか、いつも上の空というか、こちらの話を本当に聞いているのかなって思ってしまう、そんな感じ。きっと、いつも別のことを考えていたんだと……」

「何を考えていると思いましたか？」

「それは、わからない。深い関係ではないから」

「悩みがありそうな、そんなふうに感じられましたか？」それをきいたのは、ルートである。「相談されたことなどは、ありませんか？」

「いや、ないね。プライベートなことは、なにも知らない。彼女の部屋に入ったことさえない。誘われたこともない。観覧車だったよね。変わった人だな、と思っただけ。普通は、あそこは別荘といった感じで借りる人が多いんだが、あの人は、本宅だったよね。リアルよりも、こちらが本物だと聞いたことがあった。そのうち、完全にシフトするんじゃないかなって思っていたけれど、こちらを抜け出して、行方不明になってしまった」

この男性は、リアルの彼女が死んだことを知らされていないのだ。ギャロワ博士はリアルに戻って、ヴァーチャルから抜け出した、と感じているのだろう。

「どうして、抜け出したと思ったのですか？」僕は質問した。

「ああ、なんとなく……。その、上の空といっても、悩んでいるようには見えなかった。

なんだか、少し笑っているようで、いつも楽しそうだった。だから、楽しいことを考えていて、それで頭がいっぱいのように見えた。リアルでやりたいことがあったんじゃないのかなって、そう思いましたよ」

書類上必要だと説明して、ルートがさらに幾つか質問をした。ノルドマンの過去のこと、リアルでの生活のこと、ヴァーチャルの生活はほかのエリアでもしているのか、などだった。また、家族や親族についてもきいていた。彼は、最後は頭を下げて、なにか思い出したら連絡します、と言い残して去っていった。遊園地での彼の持ち場は、ジェットコースタだという。それらしい構造物が、奥の方角に見えていた。ヴァーチャルでは、機械の整備も必要なく、また、コースの変更や拡張も比較的自由に行えるだろう、と僕は想像した。ただ、自分は乗りたいとは全然思わない。

「では、バルテルス氏の部屋を訪ねましょうか」ルートが言った。

「え？　部屋というと？」僕は、もうその名前を忘れていた。

「ゴンドラです」ルートは観覧車を指差した。「本署からの許可を得ました。遊園地の管理者も了解済みです」

そうか、さきほど聞いたばかりだった。ギャロワ博士のリアルの自宅の隣人である。

「調べたところ、以前は学校の教師だったそうです」ルートが言った。

「へえ、そうなんですか」

「結婚歴はなく、年齢は百五十歳。ギャロワ博士よりは、だいぶ年配ですね」

リアルで会った感じでも、老人だった。もっとも、百五十歳には見えない。常識的な見た目の範囲といえる。

再び、観覧車に近づき、ルートが係員に説明をした。貸し部屋の番号と借り主、警察の調査で訪問する許可を得ている、と知らせ、信号のやり取りをしたようだ。

「現在、こちらにいらっしゃっています」係員は答えた。「ご連絡をした方がよろしいですか？」

「そうして下さい」ルートが答える。内緒にして、踏み込むわけではない。それには、法的な令状が必要だろう。

僕たちの相手をしている係員は、乗り場に立っているロボットである。一般の客もときどき現れ、ホログラムの案内に従って、ゴンドラに乗り込んでいく。そちらの世話はロボットはしないようだ。ということは、貸し部屋のための係員なのかもしれない。

バルテルスから了解が得られたようだ。次に近づいてきたゴンドラの方へロボットは僕たちを誘導した。ドアが開き、中から男性が顔を出す。ルートが挨拶をした。僕たち三人は、そのゴンドラに乗り込んだ。

ギャロワ博士の部屋と同じだと思っていたら、広さも平面形も違っていた。カスタマイズできるのか、要望を聞いてデザインされているのか。入ったところはホールのように広い通路で、両側に部屋があった。右は応接間のようだ。絵画などが壁に飾られている。こちらには、一面にしか窓がない。左は中央に大きなテーブルがあって、食堂のような雰囲気だった。三面が窓で、外の風景は観覧車の動きと同調しているようだ。

住人の男性、バルテルスは、リアルで会った老人とは似ても似つかなかった。中年で髪も豊か、日焼けしたスポーツマンに見える。そういう設定なので、もちろん問題はない。

僕とロジは、リアルとほぼ同じ姿をしているのだが、バルテルスはこちらに気づかない様子だった。しっかりと顔を見ていなかったか、それとも忘れてしまったのか、あるいは気づかない振りをしているのか。

「エリーズ・ギャロワさんを捜しています。ご存知ですね?」ルートが尋ねた。まずは、相手の反応を見よう、という作戦のようだ。

「知っていますよ。実はリアルで、私の家の隣に住んでいました」

「どうして、過去形なのですか?」ルートがきく。

「それは、そうでしょう。今は住んでいないのだから。あちらでも、彼女を捜しているはずです。警察が来ていました」

「警察がお嫌いのようでしたね」僕は言った。

「あ? もしかして、貴方は……」ようやく、バルテルスはこちらをじっと見た。

「ロボットからもらった名刺を見せてもらいました」僕は微笑んだ。

「警察じゃないって、言いましたよね」彼は、眉間《みけん》に皺《しわ》を寄せた。

「警察ではありません。私は、楽器職人です。グアトといいます」僕は片手を出した。

バルテルスは、なにか言いたそうだったが、握手をしてくれた。ついでに、ロジを紹介した。パートナだと言っただけで、情報局員だとは言っていない。

「楽器職人が、どうしてギャロワ博士を捜しているんですか?」彼はきいた。

「それは、いろいろ経緯がありまして……」正直なところだ。たいていの事案に経緯は存在するので、この台詞《せりふ》は常に有効である。

「ヴァーチャルで、ギャロワ博士と会っていましたか?」ルートが尋ねる。

「だいぶまえに、偶然見かけて、こちらから声をかけました。あの人は、リアルの姿のままだったので、ああ、お隣の人だと気づき、こちらから挨拶をしました。そのときだけです」

「それは、いつ頃のことですか?」

「そうですね……、一年か、もう少しまえだったか……」

「この遊園地で、ですか?」ルートがさらに質問する。

「そうだったと思います。園の入口の辺りでした。園の中で部屋を借りているとおっしゃったので、私もそうなんです、と話して、一緒にこちらへ歩きました。それで、偶然にも同じ観覧車だったというわけです。リアルでも隣だし、こちらでも、同じ場所です。

だから、二人とも笑ってしまいました」

「それで、どうされたのですか？」

「いや、それだけです。あまりプライベートなことに立ち入りたくなかったので、彼女が部屋に入ると言ったから、私は園内の食堂の方へ行きました」

「彼女の部屋が何号室か、ご存知ですか？」

「いいえ、知りません。ご本人から聞かないかぎり、こちらから尋ねることはできません。それがマナーというものです」

「それ以外には？　博士を見かけたことはありませんか？」

「ありません」バルテルスは首をふる。「もしかしたら、姿を変えたかもしれませんね。知った人間に会ったから……」

「声をかけられて、嫌そうな感じでしたか？」ルートが尋ねる。

「いいえ、にこやかで、嬉しそうに見えました。でも、どう感じていたかは、見かけではわかりませんよね。そういうものでは？」

「バルテルスさんは、リアルのご自宅に棺桶をお持ちなのですか？」僕は尋ねた。実は、ギャロワ博士の自宅には棺桶がなかった。多くの市民は、公的な施設にある端末を利用してヴァーチャルに入る。棺桶は高価だし、維持するのに費用もかかるからだ。

「いいえ、私は町営の集会所か、図書館からログインしています」

「ギャロワ博士は、どこからログインされているか、知っていますか?」

「そんなこと知りませんよ」

「そうですか……。集会所や図書館で見かけたことは?」

「いや、ありません、一度も」

3

「ギャロワ博士は、リアルでは勤めていた研究所の端末を使われていました」ルートが教えてくれた。バルテルスの部屋、つまり観覧車のゴンドラから出て、園内を歩いている。

「その研究所を二年まえに退職されて、その後は、公共の端末をお使いだったのだと考えられます。必要であれば、レーブ刑事に連絡をして、周辺の施設の履歴を調べますが……」

「リアルを捨て、完全にヴァーチャルへシフトしたということは?」僕は尋ねた。

「その記録はありません。しかし、ギャロワ博士の周辺で大量のデータが削除、あるいは書き換えられている可能性があるため、断定はできません」

「もし、シフトを実行していたら、リアルのボディは昏睡《こんすい》状態だったかもしれない。その処理を、ホームサービスのロボットに頼んだ、沼に遺棄しろとね」

「それは一つの可能性として、捜査本部も認識しています」ルートは真面目に答える。

「しかし、絞殺の痕がありました」

「うーん」僕は唸《うな》った。「そう、か……」

「それから、もう一つ、判明していることがあります」ルートが続けた。「この遊園地の前に、商店街がありますが、そこに端末の店があって、ギャロワ博士がそこに毎日のように通っていたことがわかっています」

「端末の店？　えっと、ヴァーチャルの街に、そんなものがあるんですか？」僕は驚いた。「ゲームをするためとか？」

「ええ、リアルのゲームセンタと同じです。ご案内しましょう」

「ヴァーチャル自体がゲームの世界みたいなものなのに……」僕は言った。「わざわざそんな店に行かなくても、どこでもゲームくらいできるのでは？」

ゲームソフトを立ち上げれば、この街のどこにいても、瞬時にゲームの世界に入ることができるはずだ。ヴァーチャルの端末など必要ないはず。

「レトロな感覚を懐《なつ》かしむ、ということかと」ルートは言った。「リアルで、そういった経験がある老年層が多いからではないでしょうか。利用者の大部分はゲームをするだけですが、最近では、そこからまた別のヴァーチャルへログインする人もいるようです」

「それも、どこでもできることですよね。儀式が必要だということかな？」僕は首を傾《かし》げた。

「そういった手順を重んじる人たちが少なからずいる、と思われます」

「変な習性ですね」僕は微笑んだ。「ヴァーチャルから別のヴァーチャルへ入るだけ？切り換えるだけのことなのに？」

「いいえ、それほど単純ではありません。これは、警察も捜査中で、確かな証拠を摑んでいるわけではないのですが……」ルートは、人間のように、そこで言葉を切り、僕とロジを見つめた。「つまり、リアルでは公開されていない、闇のヴァーチャルが存在し、それは、ヴァーチャルで開発され、ヴァーチャルからでないと入れないような設定になっているのです」

「どうして、そんなことをする必要があるのですか？」僕はきいた。そこが理解できなかった。

「はい、それは、つまり見つかったとしても、検挙されにくいからだと思われます」

「ああ、なるほど……。ヴァーチャルだったら、個人を特定しにくいし、逃亡することも、身を隠すことも、比較的やりやすい」僕は言った。「闇のヴァーチャルというと、なにか違法なことが許されるような場なのですね？」

「そのとおりです」ルートは頷いた。「自由の権利を翳《かざ》して、これらを肯定する勢力がどの社会にも一定数存在します」

「人間の欲望というのは、眠らない、諦《あきら》めない、決して消えないということか」僕は呟いた。そして、ロジの顔を見た。「君は、知っていた？」

「はい」ロジは頷いた。「以前からあって、それ専門の捜査班が情報局に存在します。私はよくは知りません。気持ち悪いから、近寄らないようにしています」

「それが正解です」ルートがコメントする。

「ギャロワ博士が、そういった闇のヴァーチャルにログインしていたということですか？」僕は尋ねた。

「確かなことはわかりません。それを示すデータは見つかっていません。ただ、可能性があるという推測です」

遊園地から出て、噴水を迂回《うかい》し、アーケードをくぐった。石畳の古風な道路は、緩《ゆる》やかにカーブし、両側には店が軒を連ねている。遊園地よりも、こちらの方が人が多いように思えるが、すべてが本物かどうかはわからない。商売の賑わいを見せるための演出であることが多いからだ。

音楽も流れていた。一見、何の商売なのかわからない店が多い。ヴァーチャルなので、データやプログラムを売る場合が多いようだ。美しさや速さを象徴するかのようなビジュアルが、無数に浮かび上がり、光ったり、動き回ったりして、目を引こうとしていた。言語もさまざまだ。日本語の誘い文句も聞こえてくる。

「こちらです」ルートが右手で示す。そちらには階段があった。

僕たちは階段を下りていく。つまり地下である。途中からエスカレータになり、引き込まれる速度が増し、暗闇のトンネルに突入した。数秒後に、一瞬で明るくなり、方向も百八十度回転する。百以上の棺桶が並んだ体育館のような巨大な空間だった。

端末は、床に並んでいるのではなく、空中にも浮いている。高さ方向に五層ほどある。番号が振られているようだった。ちらほらと、それらの間を移動する人たちの姿も見えるが、グレィの影のようにぼかされていて、はっきりとは見えないような処理がされている。この空間の中央に、明るく光る円形のカウンタがあって、ルートはそちらへ歩いていく。

カウンタの中に、ピンクのメガネをかけた男が一人、こちらを向いて立っていた。

「ルート様、お待ちしておりました」その男が頭を下げる。

彼が店長らしい。ヴァーチャルなので、人間かウォーカロンかロボットか、あるいは人工知能かトランスファか、判別はできない。しかし、仕草は少なくとも不自然ではなかった。ルートは、僕とロジを簡単に紹介したあと、依頼していた調査の結果を尋ねた。

「ご指示いただいたとおり、過去三十年にわたる記録を探しましたが、残念ながら見つかりませんでした」

「でも、ギャロワ博士がここに来ていたことは、確かなのでしょう?」ルートがきいた。

「それなのに記録がないのは、不自然です。どんな理由が考えられますか?」

「誰かが、データを消したとしか思えません」店主は答えた。

「誰なら、それができますか?」

「私にはできません。ハッキングしたのは、プロだと思います」

「ほかに、消えているデータは?」

「はい、人工知能に調べてもらいましたが、消えているデータはほかにはありません」

「ギャロワ博士は、何をするために、ここへ通っていたのですか?」僕は尋ねた。

「詳しくはわかりませんが、休憩中にお話ししたかぎりでは、なにかの仕事をしているような感じでした」

「ギャロワ博士の仕事が、どんなものか、ご存知ですか?」僕はきく。

「ええ、もう長いですからね、著名な博士であることも、聞き及んでいました。ですから、こちらから別のヴァーチャルへ入って、研究されていたのでしょう。そこでなにかを作っているのだと、そんな話をされたことがありました」

「その話を聞いたのは、いつ頃?」ルートが横から尋ねた。

「さあ、だいぶ、昔のことのように思いますね。最近は、だって、こちらへは来られていませんので……、どこかへ引っ越されたのかなって、思っていましたけれど」

ヴァーチャルなのに引越しか、と僕は思った。そんな必要があるとは思えない。ロジが近くへ来て、僕に囁いた。

「どうして、こんなに沢山の棺桶が必要なのですか？」

もっともな疑問だ。本当は端末の数など無関係なのだ。沢山あるように見せている設定であって、実は一つも現物はない。なくても信号のアクセスさえできれば良い。ヴァーチャルの世界に長時間いると、ついこれがリアルのように感じてしまう。ここで生活をしていれば、錯覚が本物になる。

「そろそろ、ログオフした方が良さそうだね」僕はロジに囁いた。

4

「馬鹿みたいな時間でしたね」ロジが両肘《りょうひじ》をつき、両手に顎をのせて、勢い良く溜息をついた。

地下から上がって、キッチンのテーブルに着いたところだった。僕は、パスタを茹《ゆ》で始めている。ロジは、疲れたみたいである。おそらく、昨夜もほとんど徹夜だったのだろう。ヴァーチャルで、日本の病院へ行っているからだ。

「そう？　面白かったじゃないか」僕は努《つと》めて陽気に言った。正直な感想だ。

「なにも手がかりはなし、リアルで遺体が見つかっただけ。そもそも、ギャロワ博士が何をしていたのか、どんな凄《すご》いものを作ったのかも不明です。普通、誰かに伝えておくものですよね。黙って消えてしまうなんて、無責任じゃないですか」

「消えたんじゃなくて、消されたのかもしれない」料理をしながら、僕は言った。「リアルで殺されたのは、それなりに凄いものを作ったからじゃないかな。まあ、僕たちは、興味本位で動いているだけだけれど」

「僕たち？　私は違いますよ。私は、仕事だからしかたなく……」

「君は、今忙しいからね」僕は言った。「この事件に関しては、僕に任せてくれれば良いよ」

「そんなことできませんよ。私の仕事なんですから」

「仕事よりも大事なことがある」

「全然大丈夫です」

そうかな。最近ちょっと様子が変だと思う。疲れ気味だし、笑顔が少ない。これからのことが、少し心配になっている。だが、その話はしないように、意識して避けているのだ。そのかわり、積極的に家事を引き受けている。料理は以前からだが、掃除や洗濯などだ。それくらいしか、できることがない。

「結局、ヴァーチャルの人生において、究極の幸せって、何でしょうね？」ロジが呟いた。今は片肘《かたひじ》をついて、顔を斜めにしてのせていた。「それから、法を犯してでも、闇ヴァーチャルでやりたいことって、何なんですか？」

「前者は、よくわからない。だけど、後者は、まあ、いろいろ考えられる。たとえば、人を殺して切り刻みたいとか」

「だったら、解剖医になれば良いじゃないですか。リアルで駄目なら、ヴァーチャルでなれば良い。ちょっと勉強しないといけませんけれど」

「そうだね。人を殺したいというのも、そういう映画を作れば良いね、ヴァーチャルだったら本物の人間を殺せるだろう。何が本物かって話になるのかな」

「わからないなぁ……」

「君だって、ヴァーチャルでカーレースを楽しんでいたじゃないか」

「あれは、合法ですよ」

「いや、そうじゃなくて、リアルでは簡単にはできない。資金も必要だし、それに危険でもある。ヴァーチャルだったら、怪我《けが》の心配もいらない。死ぬこともない」

「でも、それがスリルを半減させているわけですよね」

「スリルなんて、いらないものだよ。本気でスリルを味わうなんて、病的だと思うな。危険なことに挑戦するのは、成功したときに大勢から拍手を受けられるからじゃない？」

「いえ、それは違います。自分が拍手をしてくれるんです」

「ああ、そうか……。そういうふうに考えるわけか。うん、そうかもしれない。僕には、そういった方面の経験がないから、想像が及ばないよ」

「なにかの困難を乗り越えたとき、自分を褒められる。それが幸せだと私は思います。そういう体験はありませんか?」

「あるよ。難しい問題を解決したときとか、ちょっとした発想を得たときとか」

「ああ、そういうの見たことがあります」

「どこで?」

「グアトで……。あったじゃないですか」

「あったかなぁ」

「私には、あれが不思議でした。困難を乗り越えるというのとは、違いますよね?」

「そう? どう違う?」

「危険や困難を、苦労して乗り越えるのではなくて、うんうん唸って考えているだけで、ぱっと思い浮かぶじゃないですか」

「そうだよ。それこそ神の恵みだと思う。幸せの根源だといっても良いね」

「違いますね、明らかに。苦労して疲れた結果手にするのと、ぱっと思いつくのが、同価値なのですね?」

「どちらかというと、ぱっと思いつくものの方が価値が高い」

「そうなんですよね……、そこが、価値観が相容《あいい》れないポイントかもしれません」

「いや、価値観はお互いに尊重しなければならないけれど、価値観を合わせる必要なんて全然ない。違っていた方が面白い」

「でも、価値観を一致させなければならないときだってあります」

「え、どんなとき？」僕はすぐきいてしまった。数秒後に、その答に気づいた。そうか、ロジは子供のことを話しているのだ。失敗したな、と思ったが遅かった。

会話はそこで途切れ、ロジは僕が出した料理を黙って食べた。気不味《きまず》い感じになってしまったかもしれないが、防衛策があっただろうか？　何を反省すれば良いだろうか？　価値観なんて、ちょっとやそっとで変更することができない。これは、たとえば、ヴァーチャルへシフトしても同じだろう。

ふと、そこでなにか、近い感じが一瞬だけした。

しかし、ロジの様子を見ているうちに、その発想の尻尾《しっぽ》を取り逃がしてしまった。

5

食事のあと、ロジはなにも言わず、地下への階段を下りていった。情報局の仕事のためか、それとも子供に会いにいったのか、どちらかだろう。

僕のスタンスとしては、彼女に来てくれと頼まれたら、もちろん喜んで行くつもりだ。

そうでないのに、こちらからついていく、と言って良いものかどうか、わからない。今は、母親に任せておくべきなのか、と少し考えているところだ。何故なら、僕が知らないうちに子供は生まれた。彼女は、内緒にしていたのだ。立ち入ってほしくない、という気持ちがあったのでは、と想像している。

しかし、自信はない。経験したことが一度もないし、そういう話を聞いたこともない、その方面の知識に乏《とぼ》しい。もちろん、関連の文献を検索すれば、いろいろと書かれていることは、一部だが知っている。けれども、自分や、ロジにそれが当てはまる保証はない。人それぞれだと思う。

最も良いのは、この点についてロジと話し合うことだろう。それをどうやって切り出したら良いのかが、次の課題である。

気晴らしに散歩に出ることにした。ジャケットを着て、家を出た。丘の方向へ、緩やかな上り坂を歩く。空は青と白が半々。風がほんの少し。どちらかといえば、涼しい。ポケットに手を入れていた。

「余計なことかもしれませんが、この頃、ロジさんとの会話が不足しているのではないでしょうか?」クラリスが話しかけてきた。周囲に誰もいないので、今なら良いだろう、と演算したのだろう。

「そうだね。そういう感じはしている」僕は頷いた。

「なにか、もっと話しかけた方が良い結果になる可能性が高いと思います」

「何について話せば良い？」

「それは、私が考えることではありません」

「そうだね。考えておくよ」

「幸せというのは、難しいものですね」クラリスが言った。

「え？　突然、何の話をしているのかな？」

「特に問題がない場合においても、それぞれに期待するものが違うのが普通です。すると、お互いが、自分の期待するものを相手に求めようとします」

「そういう物語が多い、ということは知っている。何を言いたいの？」

「ギャロワ博士が開発したソフトは、幸せを生み出すものだといわれていますが、それには、人が何を期待しているのかを知らなければなりません。どのように、人の内面を観測するのでしょうか？　言動を長時間にわたって記録し、また、本人とのコミュニケーションをいくらかしても、その人が求めているものを推定することは非常に難しいと思われます」

「ああ、そういう話か……」ずっとロジのことを考えていたので、深呼吸をして、頭を切り換えた。「統計的なデータと、個人の履歴データから推定して、ときどきそれを本人に確認することで推定方法を修正する。うーん、優先順位や、重み係数なんかを調整していく。一方で、本人の幸せ度みたいなものは、脳波とか体調とか、フィジカルな測定でだいたいわかるし、こちらも指標を決めて、本人とのコミュニケーションで精度を上げていく。まあ、口で言うのは簡単だけれどね」

「自分が幸せかどうか、人間はどのように感じているのでしょうか？」

「それは、いろいろだと思う。というか、自分でもわからないっていう人も多いだろうね。自分がどれくらい幸せかなんて、メータがあるわけでもないし、評価する数値もない。なんとなくってこと。たとえば、他人と比べる人もいる。自分が幸せなのに、身近にもっと幸せな人がいると、嫉妬《しっと》したりして、自分を不幸せにしてしまう。逆に、他人の幸せな様子を見るだけで、自分も幸せになれる人もいる。そういうのは、何だろうね、持って生まれた気質みたいなものだろうか。それとも、後天的な、育ちの差なのかな。あまり、そういった方面のことを真剣に考えたことがない。考えて答が見出《みいだ》せる問題だとも思えない」

「そのようにさまざまな形態を持つ幸せを、なんらかの方法で実現できたとすれば、素晴らしい業績となるのでしょうか？」

「いやぁ、どうかな……。それもわからない。その、ギャロワ博士が開発したものだって、合う人と、合わない人がいると思う。でも、大勢が参加して、それを試すことで、だんだんソフトが成長するだろうから、そのうち本当に神様みたいに、人々に恵みを与えてくれるようになるかもしれない」

「もし、人間が悪い欲望を持っていたら、そんな人たちが期待する幸せを実現してしまうわけですから、神というよりも、悪魔になってしまうのではないでしょうか？」

「ああ、それは、そうかもしれない。人間自体をどう捉えるかによるね。平均したら善人が多いのか、それとも悪人なのか。ギャロワ博士は、きっと性善説を信じていただろうね。そうでなければ、そんなソフトを作ろうとは考えない」

「グアトさんは、性善説を否定する立場なのでしょうか？」

「いや、信じるとか信じないとかいう問題ではない、と考えているだけ。性善説っていうのは、善人が生まれながらの状態で、悪人は、なんらかの社会的影響によって生まれるという古い中国の思想だけれど、そもそも、善人と悪人に人間を分けられるわけでもないし、環境や自分の状態によって、常に目まぐるしく入れ替わるよね。環境どころか、たった一人の他人の影響で変わってしまうことも普通だ。善と悪の定義自体が、人それぞれ基準が違うし、定まってもいない。だから、うーん、幸せを追求するのは、まあ良いとしても、それを方法論で議論しようとすること、さらに、汎用《はんよう》的なプログラム、あるいは知性構築で援助しようとする方向性は、僕にはあまりにも不毛で、そもそも可能だとも思えない。うん、そんなところかな、今は」

「ということは、ギャロワ博士の開発したソフトは、そういうものではない、と考えているのですか?」

「いや、考えてもいない。なにも、考えられない」僕は首をふっていた。

「もし、それらしいものを作るとしたら、見かけ上、そのような援助をする、応援をする、そういった一時の幻想を見せてくれるものになる。これは、今のヴァーチャルがだいたい、これに近いと思う。幸せみたいなもの、幸せらしいものを見せてくれる。見せてくれるだけだから、本物かどうかもわからない。満足できる人と、満足できない人がいる」

「でも、こんなに大勢の人たちが、ヴァーチャルを利用し、それどころか、リアルを捨てて、ヴァーチャルへシフトする人も増加しています。それらしいもので、人間は満足できることの証左といえるのではないでしょうか?」

「人間っていうのは、とても高い適応能力を持っているんだ。自分で信じてしまうものが真実になる。騙されているのに、騙されているのではない、自分から信じたと思い込める。そうして自己防衛するからね。むしろ、外部から観測すると、騙されたいと思っているようなものだ。幸せというものの大部分は、自分で自分を騙している。騙されたいことに近づき、騙されて嬉しくなる。そんなメカニズムかもしれない」

「歴史的にみても、そのような性格によって引き起こされた現象が、たしかに多く観察できます。本能的なものに起因しているわけですね」

「それにしても、アミラもオーロラも、そのソフトの実体を見つけられないほど、隠れのが上手《うま》いっていう……、その、データ改竄能力の方が脅威だよね」僕は指摘した。「どうして、そこまでする必要があるのかな？」

「究極の恵みを、あくまでも少数で、秘密裏に授かろうという考えなのではないでしょうか？」

「独占だね。その部分に、比重が置かれているなんて、とても性善説では説明できない。幸せをみんなで分かち合おうとは考えなかったんだろうか？」

「実際には、ソフト開発に失敗したという可能性があります」クラリスが言った。

「うん、それはありえる。どれくらいの確率？」

「データがあまりにも少なく不確定な要素が多いのですが、概《おおむ》ね三十パーセントほどと見積もられています」

「案外少ないのは、それだけ、エリーズ・ギャロワという人物の実績を評価しているからだね？」

「そのとおりです」

「でも、人間っていうのは、機械やコンピュータと違って、年齢を重ねると、だんだん変化してくる。それを表に出さないようにしているけれど、あるとき外に出て、周りから急変したように見られる。肉体的な変化は、この頃では医療的に解決されているけれど、精神的なものがね、どうも、いろいろ積み重なって、参ってくるんだよ、きっと」

「グアトさんも、そんな悩みを抱えていますか？」クラリスがきいた。妙に心配そうな口調に聞こえる。

「いや、悩みとは少し違うなぁ。悩んでいるわけじゃない。こういうものだって、割り切ってしまう。諦めてしまうんだね。だいたい、自分はこの程度だろうってね。わかる？」

「いえ、よくわかりません」

6

リアルでの捜査で、ギャロワ博士の死因は絞殺と断定された。薬物などの検査は、遺体の状態から不可能だったらしい。ホームサービスの会社ならびにレンタカーの会社は家宅捜索を受け、前者は死体遺棄の容疑で書類送検となった。クルマの映像記録と、ロボットに残っていた血痕以外には、物理的な証拠は見つかっていない。デジタルの記録が消えているため、これらの修復が試みられたが、現在までに成果は得られていない。

リアル担当のレーブ刑事と話す機会があった。情報局のシュトールは、ギャロワの隣人であるバルテルスが怪しいと睨んでいるらしい、とレーブは話した。知らない、会っていない、などの証言が、証拠が現れると撤回されたためだ。その一例として、バルテルスの自宅から、ギャロワ博士の毛髪が発見された。バルテルスは、一度だけ、博士を食事に招待したことがある、と認めたらしい。警察は、バルテルスの周辺の監視を行っているという。

「どうも、ギャロワ博士と個人的な関係があったようです。ただ、それを示すデータがない状態で、そのデータが消えていることも、バルテルスは認識しています」レーブが説明した。「それらしい受け答えをしていますので、たぶん、博士が開発したソフトについても、なにか聞いていたのではないか、と疑われます」

「でも、彼は、それで利益を得ている様子はない……、そうですよね？」僕はきいた。

「ええ、しばらくは隠しておこうというつもりかもしれません」レーブは目を細めて答える。彼女もバルテルスを疑っているようだ。

「ほとぼりがさめるまで待つ、ということですか」僕は頷いた。「うん、まあ、焦る必要もない。ヴァーチャルで生きている人間って、永遠に生きられると実感しているでしょうからね」

リアルでは、ギャロワ博士は消滅してしまったわけだから、このさき、彼女が残した遺書でも出てこないかぎり、本人から事情を聞くことは不可能だ。

そうなると、捜査はよりヴァーチャル寄りになる。レーブ刑事も、別れ際にそれらしいことを口にした。まるで、もうリアルでの仕事は終わったとでも言いたげだった。

ヴァーチャルには、そちらの世界へシフトしたギャロワ博士がいる。どこかに潜んでいて、今もなんらかの活動を続けている可能性が高い。観覧車の部屋からは、これといった手がかりは見つかっていない。別の場所へ移動したか、まったく別人となっているのか。

情報局も警察も、ギャロワ博士を捜し続けている。ヴァーチャルのサーバを管理している他国にも協力を求め、捜査の範囲を広げている。複数の人工知能が、世界中のデータを検証して、ギャロワ博士の活動に関連する痕跡を見つけようとしているのだが、現在まで、その手がかりさえ摑めていない。

一週間ほど時間が経過した頃には、強力な人工知能が、意図的に隠蔽《いんぺい》している可能性がある、との憶測が浮上した。アミラもその可能性が高いと指摘している。オーロラと話をしたところ、分散系の人工知能が、世界のネットワークの中に隠れている。いわば、〈影の知能〉として活動を続けている、との予測である。

そして、この仮説が正しければ、その分散系の知能こそが、エリーズ・ギャロワの創作物なのではないか、との新たな仮説が発案され、それを見つけるための手法が演算されているらしい。

このような影のスーパコンピュータについては、過去にも例がある。ヴォッシュ博士とともに、僕も遭遇したことがあった。しかし、そのときのものよりも、もっと大きな容量であることが予測され、しかも、世界中のコンピュータの一部に分散して隠れている。お互いに、特殊な信号系によって統合される。

以前から、そういったストラクチャが現れることが、研究者の間では話題に上がっていた。ただ、具体的にそれを実行する手法が、人間の発想、人間の思考の域を超えているため、もし設計することが可能ならば、複数の人工知能による共同作業でしか実現しないだろう、といわれていた。そんな活動をしてまで生み出す価値があるのか、という問いに、少なくとも人間は答えられない。想像を絶する領域だった。

しかし、もしかして人工知能のいずれかが、その答を思いついたかもしれない。ギャロワ博士は、多数の人工知能を用いて研究活動を行っていたので、そういった場に遭遇した可能性はある。

ヴォッシュ博士を中心に、この影の人工知能を探索するプログラムを製作するチームが結成された。どういうわけか、専門外の僕にも声がかかったが、これはヴォッシュが人間の話し相手が欲しい、との要望を出したためらしい。もちろん、ドイツ情報局が立ち上げたプロジェクトである。

中心となる人工知能には、アミラが選ばれた。もともと、ドイツのメーカが所有していた縁で、使用権の数十パーセントをドイツ情報局が持っていたからだ。それ以外にも、ヨーロッパで活動する四つの人工知能が参加し、日本からはオーロラが招集された。気心の知れた仲間を集めた感じで、いかにもヴォッシュらしい、と僕は感じた。

このチームには、会議というものはない。ヴォッシュと僕以外はコンピュータなので、ヴォッシュが指示をすれば、すぐに実行される。報告があった場合、瞬時に全員に共有される。僕は、詳細な説明をしてもらいたくないから、このネットワークには含まれていない。大事なことは、ヴォッシュが教えてくれる。それで充分だった。いったい僕が何の役に立つのか、という疑問は最初から持っていた。これに対してのヴォッシュの返答は、簡単だった。

「それは、誰にもわからない。でも、なにか思いついたら言ってほしい」彼は、いつものとおり笑顔だった。「もはや、人間が役に立つような仕事なんてないんだ。むしろ、足手《あしで》纏《まと》いで、しかも妨害ともいえる邪魔をする。それでも、そんな邪魔から、彼ら人工知能は発想を得ている。だから、けっして人間を排除しない。無駄なことができない連中だから、無駄の塊《かたまり》のような人間に、少しはいてほしい。そんな具合なんだよ」

「それは、わからないでもないですね。というか、日頃から感じているところです。日に日に、私たちは無駄を増やしていて、そのうち本当に必要なくなるでしょう」

「そうなったら、それこそ究極の恵みというものだ。違うかね?」

アミラの予測では、五十時間後には、探査ロボットが働ける状態になる。この場合、ロボットと呼んでいるが、実態はソフトウェア、つまりプログラムである。これをネットに放って探索する。その結果を受けて、さらにロボットの改造をする。そういったプロジェクトである。

　世界中のエネルギィや経済や信号の解析を行って、それらを各種の方法で整理し、局所的あるいは時間的な偏りやギャップを見つける。さらに、その周辺での出入りを調べて分析する、といった活動になる。どこかで隠れていても、なんらかの出入りがある。つまり、透明で見えない生物がいても、それらが出す熱、排気、あるいは動くことで生じる周囲の空気の運動によって感知できる、といった仕組みといえる。

「第一の問題は、影の人工知能が存在するのかどうか」ヴォッシュは言った。「そして第二の問題は、それが存在するのは何のためなのか。つまり、どんな活動をしているのか、ということ。身を隠すために、活動していない場合もありえるが、長く活動しないとは思えない。準備をしているだろうし、社会を観察し学習もしているだろう。生きている人工知能というのは、目立った演算をしていなくても、データのアクセスをまったく断つようなことはしないはずだ。死んだ振りをしているにしても、探査ロボットは見つけてくれる。データが動かない領域も、分析対象に含まれる」

「これまでにも、この種の探査をされていますよね。どれくらいの時間で見つかると予想されますか？」僕は尋ねた。

「うーん、そうだね、数日」ヴォッシュは答えた。「ただ、今回の難しさは、分散系だということ。ここが従来にないスペシャルな部分で、そのために新たなプログラミングが必要になった。アミラでさえ二日かかると言っている」

「五十時間です」女性の声が聞こえてきた。

「アミラか……、失礼。聞いていたんだね」ヴォッシュは笑顔になった。「雑談をしない人だと思っていたが……」

「今のは雑談ではありません。勘違いを訂正させていただきました。正確には、約四十九時間四十七分ほどになります。あくまでも予測ですが」

「わかった」ヴォッシュは頷く。それから、僕に顔を近づけ、片目を瞑った。どんな意味のサインなのか不明であるが、機嫌の良さそうな表情といえる。「君は、なにか思いつかないかね?」

「全然」僕は首をふった。「さきほどの第二の問題というのが、僕には見当もつきません。価値を生み出すような活動であれば、今頃発見されていますよね」

「答を出しても、一旦《いったん》は使わずに、どこかに溜《た》め込《こ》んでいるのかもしれない」

「データをですか?」

「時機を見ている。たとえば、ある作戦計画を演算している。だが、実施する時機は今ではない。そんな感じだ。政治的な活動かも知れない。テロかもしれない。あるいは、経済的な利益を生み出すものかな。最後の可能性が一番高いと思うがね」

「その中心にギャロワ博士がいる、と思いますか?」

「アミラはどう思う?」ヴォッシュがきいた。

「その可能性が五十パーセント」アミラが即答した。

「不確定だな。私は、そうではないと考えている」ヴォッシュが話す。「ギャロワ博士が開発した分散系の人工知能は、何者かによって乗っ取られたのではないか、とね。リアルの彼女が排除されたのは、その証拠だろう。身の危険を感じて、彼女はヴァーチャルでは逃亡の身だ。略奪者は、現在価値の生産を計画している。利益を急いで求めないように、抑制しているのだろう」

「その状況であるなら、何故、ギャロワ博士はこちらへメッセージをくれないのでしょうか?」

「その自由を奪われているか、あるいは、言動を見張られているからだろうね」

「では、ギャロワ博士の周辺で痕跡が消されているのは? あれも、その略奪者が行ったのでしょうか? どうして、そんなことをする必要があるのか、わかりません」

「博士を捜されたくないからでは?」

「でも、現に、世界中が捜しています。もしかしたら、見つかるかもしれません。そもそも、略奪しているなら、もう博士は不要なのでは?」

「そうか、では、そのソフトを使うために、彼女がまだ必要なんだな」

「それだったら、リアルの博士を殺したりはしませんよね。ヴァーチャルだけになったら、怖いものなしですから。協力させたいのなら、リアルの本人を人質にして生かしておくと思います」

「うーん、それもそうだな……」ヴォッシュは唸って鬚を指で摩《さす》った。「君は、どう考えているんだね?」

「いえ、考えてはいるんですが、どうしても、これだという可能性を思いつけない。どこかで、間違っている、なにかを勘違いしているような気がします」

7

一方、リアルの担当だった情報局のシュトールが、フランスの人工知能から、エリーズ・ギャロワらしき人物が修道院で匿《かくま》われている、とのリークがあったと知らせてきた。この人工知能は、ベルベットという名で、かつて僕とロジは、そこで戦闘的な攻防を経験している。ベルベットは、反政府的な運動に関わっていたが、ヴォッシュによって解放され、現在はフランスを代表する知能として活躍している。

ドイツ情報局が確認したところ、ベルベットは、ドイツでギャロワ博士の遺体が発見されたことを知らなかった。知っていたとしても、情報の確かさの評価は変わらない、とベルベットは答えたという。過去にギャロワ博士がそこにいた証拠があるという。しかも、

ベルベットは、現在もギャロワ博士が滞在している可能性が七十パーセント以上と演算している

らしい。

矛盾した情報であるが、人工知能というのは、ときにこのような出力をするものである、とはヴォッシュの弁だった。というのも、入力されたデータではなく、自らが観察して得たデータを重要視する。彼らは、自分が見たものを信じる、ということだ。

それを聞いたのは、昨日のこと。さっそく、シュトールのチームがフランスへ飛び、この修道院を調査した。

すると、驚くべきことに、エリーズ・ギャロワ博士と思われる人物が、修道僧の一人として、そこに存在したのである。

本人は、自分がエリーズ・ギャロワだと名乗り、五年ほどまえにこちらへ移住した、現在は研究からは引退し、ここで神に祈る毎日だ、と話したという。

当然ながら、DNA鑑定が行われた。そして、まちがいなく、ギャロワ本人だと確定された。世界中で捜索が行われていたことを、彼女は知らなかった。世間とは隔絶《かくぜつ》した環境に置かれていたからだ。

この知らせは、すぐにドイツ情報局を通じて僕にも伝わってきた。信じられない結果といえる。ほぼ同時に、ヴォッシュから話がしたいとのメッセージも届く。僕とロジは、ヴァーチャルでヴォッシュと会うことにした。

「とんでもないことになったよ」ヴォッシュは片目を瞑って苦笑した。「しかし、ベルベットは完全に正しかった。情報局の連中は、ベルベットが狂ったと思っていたようだ」

「つまり、どういうことなんですか?」

「まあ、科学的に導かれる結論は、エリーズ・ギャロワは一卵性双生児の双子の一人だ、ということかな」ヴォッシュはまだ笑っている。いかにも楽しそうだ。「一人は、フランスへ逃れて、あの城のような修道院に身を隠していた。しかし、もう一人は、ドイツで絞殺され、沼に捨てられた」

「それ以外の可能性は、考えられませんか?」

「どちらかが、クローンだというのかね? ないとはいえない。違法だから、隠していた。フランスに隠れていたのも、悪事を隠すためだった。クローンだとしたら、いつ生まれたのか。本人よりは、若いことになる。それに、同じ知識を持っているわけではないから、究極の恵みを作り出した人物には及ばないはずだ。どちらがクローンかは、精密検査をすれば、年齢から推定できる。相当若い頃に二人になっていなければ、の話になるが」

「ウォーカロンかもしれませんね」

「そう、その可能性は高い。それも調べてみる必要があるだろう。君のあれの出番だよ」

「クローンもウォーカロンも個人で作ることは不可能です。大規模な設備が必要ですから」僕は言った。「となると、協力した人がいるはずですから、記録が残っていると思います。おそらく、どこかのウォーカロン・メーカの研究所でしょう。秘密にしているのは、博士と共同研究をしているから？　うん、そんなところでしょうか？」

「ありそうな話だ。今まで、情報が漏れてこなかった。統制が取れているのは、いかにもメーカっぽい。資金と権力がなければ、できないことだ」

「しかし、何故あの修道院にいたのでしょうか？」

「因縁《いんねん》のある場所だからね。調べにいってみるかね？　しかし、会わないわけにもいかない。情報局から頼まれているんだが、行ってもなにもないだろう、という気がしている。

「ヴァーチャルでは会えないのですか？」ロジが尋ねた。

「そう、本人がヴァーチャルを拒否しているらしい」ヴォッシュが答える。「なにか、嫌な思いでもしたのかもしれない」

「では、フランスへ行ってみましょうか」僕は言った。懐かしい場所だから、もう一度行ってみたい気持ちもあった。

「私も行きます」ロジがすぐに言った。「でも、まだそこに、そのギャロワ博士がいるのですか？」

「そう、今もいる。護衛をつけるといったら、目立つからよけいに危険だと断られたそうだ。最小限のガードはしているはずだが」

「早く、どこか安全なところへ移ってもらった方が良いと思います」ロジが続ける。「情報局が保護すれば良いのに」

「フランスでの活動が制限されているらしい」ヴォッシュが言った。「フランス警察が仕切っているんじゃないかな」

その修道院では、かつてウォーカロンの修道僧たちが、ベルベットやトランスファに支配されていた。僕たちを攻撃してきたのは、ベルベットを守ろうとしたためだった。銃撃戦になって、ロジは怪我をした。普通なら二度と行きたくないと考えるだろう。

まだ、いつ訪問するかも決まっていないうちから、ロジは日本の情報局に護衛の人員を要請した。ペネラピやセリンを指名したのだろう、と僕は想像した。

「最近トレーニングしていないから、ちょっと心配です」夕食のときに、ロジが言った。

しかし、血色が良いというのか、体調は良さそうだ。このところ、少し元気がなかったが、部下を呼び、実務で出張することになり、気合が入っているのかもしれない。

「ギャロワ博士が二人いたというのは、驚きだね。いったい、何をしようとしていたのだろう？　てっきり、ヴァーチャルへシフトするつもりだと予測していたけれど、彼女のリアルの生活を見直した方が良いかもしれない。博士にとって、幸せとはどんなものだったのかが、気になる」

「本人から話が聞けます。ただ、本人かどうかは疑わしいですけれど」

「どうして？　フランスにいるのは、クローンだから？」

「被害妄想かもしれませんけれど、罠《わな》を仕掛けるために、自分の分身を作ったのかもしれません」

「いや、それはないよ。お金も時間もかかりすぎる。クローンが成長するのに何十年もかかる。そんな昔から計画していたとは思えないよ」

「クローンは、たまたまだったんですよ。なにかの機会に作った。別の目的だったかもしれない。自分のバックアップとして、育成していた」

「壮大な計画だね、それは」僕は息を漏らした。「まあ、でも、ありえない話ではないし、もちろん、それくらいのことは発想する人だったかも。だけど、罠を仕掛けるのだとしたら、本人の自宅に偽者を住まわせておくだろう」

「そうか、では……、殺された博士の方がクローンだったのですね？」

「いや、そういう憶測をするよりも、検査をして調べて、科学的な判断をすれば良い。考えて決めることではない」

「あ、到着したみたい」ロジは立ち上がった。片手を顳顬《こめかみ》に当てている。通信をしているようだ。

彼女は、仕事場へ通じるドアからキッチンを出ていった。玄関へ行ったのだろう。外を見るつもりだろうか。

玄関のドアを開ける音がしたあと、話し声が近づいてくる。

「こんばんは」一番に入ってきたのは、セリンだった。日本の情報局員である。「お食事中でしたか?」

「いや、食べ終わったところ」

次に、長身の女性が現れる。顔に見覚えはないが、大きなメガネをかけているので、ペネラピだとわかった。案の定、挨拶の言葉はなく、僅《わず》かに頷いてみせただけ。

「ずいぶん早いね」ロジも戻ってきた。「どこか、近くにいたの?」

「私はドイツに、ペネラピさんは、フランスにいました」セリンが二人分答えた。「最近、こちらでの任務が多いのです。近くなのに、なかなかお会いできなくて、申し訳ありません」

「いいえ、会わないのが普通」ロジが真面目な顔で答える。ロジは二人の上司なのだ。

明日の朝に出発する、とセリンが説明をした。ここへ来たときは、一人用のダクトファンを使ったそうだが、四人でフランスへ向かうときはジェット機で、それはドイツが手配した機体だそうだ。ロジが、詳しい型式を尋ねたが、セリンは答えられなかった。

8

ペネラピとセリンがどこで眠ったのか知らない。もしかしたら、眠らなかったのだろうか。ロジは、以前の彼女に戻ったみたいで、僕としては嬉しい。やはり、仕事をしているときのロジが、一番いきいきとしているように見える。振り返ってみると、僕もそうかもしれない。僕は今、自分の仕事をしているだろうか、と少し考えてしまった。

楽器を作ることは、本来の仕事ではない。ただ、修行をしているように、自分を落ち着かせようとしている。研究から一歩下がって、周囲が見えるようになった、と自己評価してもいる。ロジと一緒に暮らし始めたことも、人生の一大転機だった。

エリーズ・ギャロワ博士の一連の騒動は、大きな謎と違和感に包まれている。不思議なこともあるし、また理解が及ばないこともある。そういえば、研究という仕事は毎日がこんな精神で回っていたな、と思い出すのだった。

どう考えれば良いのか、ということを考えた。きっと、ギャロワ博士は、こう考えただろう、というふうに考えるのが正解だ。博士の気持ちをトレースする。何を感じていたのか、何をしようとしていたのか。

彼女は、何故なにも語らないのか。それが最大の論点のように感じられる。

世間で噂されていることは、どこから発しているのだろうか。誰が言い出したのか。そういった操作をしている者がいるのか。それで、彼女は不利益を被ったのか、それとも逆に、利益を得たのか？

今のところ、ギャロワ博士が創造したものは見つかっていない。

既にそれは稼働しているのか？

ヴォッシュのチームが開発した探査ロボットが、動き始めている。最初は試運転で、若干の修正を加えたのち、パワーを使っての捜査に移る。影の人工知能が存在するのか。それが、ギャロワ博士の創造物と、どのような関係を持っているのか。

飛行中は、そんなことを僕は考えた。自宅からコミュータに乗り、山奥の無人ポートで待っていたジェット機に乗ったのだ。半分の時間は睡眠に費やし、考えたといっても夢心地だった。

目的地の修道院は、島のように海に囲まれた場所だが、陸からは一本の道でつながっている。歴史的な建造物だったが、個人の持ち物となり、実はその持ち主は、かなり曰《いわ》くのある人物である。現在はどこにいるのかわからない。この城に住んでいるわけでもない。ロジがそんな話をした。ギャロワ博士の騒動とは無関係だろう、と。

ジェット機は、敷地内のポートに着陸した。出迎えは、ドイツ情報局のシュトールとヴォッシュ、そして、ヴォッシュの助手のペィシェンスだった。ほかにも、フランス警察の制服組が二十名以上、少し離れたところで待機していた。おそらく、大半はロボットだろう。

ペィシェンスは、旧型のウォーカロンだが、最近ハードのバージョンアップを受けた。どこが変化したのか、僕にはわからない。

「クラリスも一緒かね?」ヴォッシュが、僕に小声できいた。僕は、軽く頷いた。そのことは、シュトールには許可を得ているが、フランス警察には内緒だ。

一緒に来たセリンは、情報局員として初めて採用されたウォーカロンだが、彼女はかつてこの修道院に来たことがある。ただ、そのときの彼女は、トランスファにコントロールされていた。本人に尋ねたところ、ぼんやりとした記憶しかない、とのことだった。そして、彼女をコントロールしていたトランスファが、僕と一緒にいるクラリスである。もちろん、ペネラピもここで一緒に戦った。だから、あのときと同じメンバが図らずも勢揃《せいぞろ》いしたことになる。

石造の建物は、城にも教会にも見える。島の起伏を利用し、天然の岩とも渾然一体《こんぜんいったい》となった大規模な構造物である。何度も改修を受け、また増築を繰り返して、現在の複雑な形状が築かれた。ただ、僕たちが以前に来たときと、見た感じでは変化はないようだった。

今でも、修道僧約八十名がここで生活している、との資料は昨日読んだ。だが、もちろん、人は入れ替わっているだろう。警察のリーダとも軽く挨拶を交わしたあと、建物の中に入った。

通路を進み、講堂のような部屋へ案内される。祭壇はなく、礼拝堂ではない。修道服を着た人物が一人、最前列のベンチに腰掛けていて、僕たちが入っていくと立ち上がった。

警察のリーダが、この修道院の院長だと紹介した。こちら六人の個々の紹介は省かれ、ドイツから来た調査団で、エリーズ・ギャロワに会うために来た、と紹介された。

「ギャロワ博士は、いつからこちらに?」ヴォッシュが尋ねる。それは既に聴取されているはずだが、話のきっかけとして簡単に答えられる質問を選んだのだろう。

「こちらに、五年ほどいらっしゃいます」院長は答える。

「ずっと、ここに? ああ、つまり、どこかへ出かけたこと、長期間不在だったことはありませんか?」この質問は、シュトールがした。

「いいえ、一度もここから出られたことはありません」院長は首をふった。

「でも、ヴァーチャルを利用されていたのでは?」シュトールの質問が続く。

「ここでは、現実と自分、そして神に向き合うことが勤めとなっております。ネットは使用できません。外部からの情報は、ほとんど入りません。外の人たちと会話をすることも滅多《めった》にありません。特に、ギャロワさんには、面会に来られる方が一人もいらっしゃいませんでした」

「そうですか、わかりました。ご本人にお話を伺いたいと思います。ギャロワ博士は、承諾されていますか?」シュトールがきいた。

「ええ、今朝おききしました。問題ないそうです。お部屋でお待ちです。ただ、広い場所ではないので、この人数ですと、通路で待っていただくことになります」

「かまいません」

「では、ご案内いたします」

院長に続いて、一同が歩く。フランス警察は遠慮したようだ。シュトールとヴォッシュと僕とロジの四人である。振り返ると、セリンとペネラピは十メートル以上後ろを歩いていた。警官が、通路の角に立っている。武器らしいものを持っているが、手にしているわけではない。ロジも武器を持っていない。彼女にしては、譲歩した格好であるが、シュトールから直接要請があったようだ。それらしいことを呟いていた。

途中で階段を何度も上がった。島の中心に近づくほど高くなる。通路の高い位置に採光の開口部がある。方角としてはそちらが北になるはずだ。最後の階段を上がったところは、ドアが並ぶ真っ直ぐの通路で、やはり高いところから光が差し込んでいた。

通路を進み、突き当たりは、左へ曲がっている。その手前の最後のドアが、内側に開いたままになっていた。院長がそこで立ち止まり、こちらです、と手で示した。

小さな部屋である。質素な木製のベッドに中年の女性が腰掛けていた。修道服を着ているので髪は見えない。彼女は立ち上がってお辞儀をした。

「エリーズ・ギャロワ博士ですか？」シュトールが尋ねる。

「はい」彼女は頷いた。「遠いところをお越しいただき、ありがとうございます。ヴォッシュ博士ですね、お久しぶりでございます。それから……」

「私は、グアトといいます」僕は、彼女と握手をした。「お会いできて光栄です」

部屋に入ったのは、シュトールとヴォッシュと僕の三人だった。ロジは戸口から覗いている。簡易で小さな椅子が用意されていて、ちょうど三脚だった。そこに僕たちは腰掛けた。ギャロワは再びベッドに腰を下ろし、膝《ひざ》の上に手をのせた。

「ここに来るまえは、ドイツで生活されていましたね？」シュトールがきいた。

「いいえ、ドイツに住んだことはありません」彼女は首をふった。「以前は、スイスにおりましたが、そのあとはフランスにずっと」

「ご兄弟はいらっしゃいますか？」

「いいえ、おりません」

「ご両親は？」

「私が若い頃に亡くなりました。百年も昔のことです。そのときも、フランスに住んでおりました」

「コンピュータシステムの研究、あるいは開発をされていたのでは？」

「それも、だいぶまえのことです。もう五十年近くも、コンピュータには触ってもいません」

シュトールは手のひらを見せ、そこにホログラムを映した。それは、バルテルスの全方向写真である。「この男性をご存知ですか？」

「はい、名前を忘れてしまいましたが、学校の先生をされている方です」ギャロワは答える。意外にも、その返答は正しい。僕は少し驚いた。

「どのようなご関係ですか?」

「友人です。特別に親しいわけではありませんけれど、長くおつき合いがありました。でも、ずっと昔のことです。この方が、どうかされましたか?」

「バルテルスさんといいます」

「ああ、そうでした。思い出しました。なにかの活動にご熱心でしたね。自然保護の運動だったでしょうか」

「ヴァーチャルを利用されないのですか?」これは僕が尋ねた。「すいません、突然違うことをきいてしまって……」

「ヴァーチャル、ああ、ネットワークのことですね。ええ、仕組みはもちろん知っています。でも、もう関わりがありません。何十年も、神とともに誠実に生きております」

「神様を信じているのですか?」

「もちろんです」

「いつ頃からでしょうか?」

「生まれたときからです」

9

一時間ほどだっただろうか、どうも、ぴんと来ないインタヴューだった。シュトールは、エリーズ・ギャロワ博士が極めて重要な才能だと説明し、フランス警察に徹底した警護を依頼した。これに対し、警察のリーダは、現在も徹底した警護をしている、と返答した。

修道院の食堂で休憩となった。コーヒーか紅茶がセルフサービスで飲めるようになっていた。僕もロジもコーヒーをカップに注ぎ、テーブルの椅子に座った。対面にヴォッシュとシュトールが腰掛けている。セリンとペネラピは、食堂の入口付近に立っているのが見えた。彼らは休憩をしないつもりのようだ。また、その近くにペィシェンスもいる。セリンと会話をしているように見える。二人ともウォーカロンだが、ペィシェンスは長身、セリンは小柄《こがら》だ。第三者が見たら、この二人がガードマンだとは思いもしないだろう。ペネラピはさらに異様で、この場にいることが不自然だった。ファッションモデルかマネキンに近い。しかし、三人の中では彼が最も強力で、ロジが信頼している戦闘員なのである。

「いったい、どういうことなのか、先生たちのご意見を是非お伺いしたい」シュトールが溜息をついた。「双子でなければ、クローンですか。一人は殺された。もう一人は引退して神に仕えている」

「年齢に関する調査の結果は?」僕は尋ねた。

「ああ、そうだ。ちょっと待って下さい」シュトールは片肘をテーブルにつき、額に手を当てた。下を向いた姿勢で通信をしているようだ。

「君が見たところ、ウォーカロンか人間か、どちらだね?」ヴォッシュが小声できいた。会ったばかりのギャロワ博士のことだろう。

「本人がどんな人物か知らないので、なんともいえませんけれど、ウォーカロンではないと感じました。おそらく、こちらがクローンのギャロワ博士でしょう。もうすぐ、結果を教えてもらえますが……」

下を向いていたシュトールが顔を上げる。僕とヴォッシュとロジの視線を受け、こちらを交互に見た。

「ここのギャロワ博士には、簡単な健康診断を受けてもらいました。その結果が一部ですが出ました。推定年齢は八十歳だということです」

「つまり、本物のギャロワ博士よりもずっと若いわけですか」僕は言った。そうだろうと予測はしていた。「では、本物のギャロワ博士が四十歳くらいのときに、自分のクローンを作った。子供を育てるような感覚だったのでしょうか」

「多くの国で、クローンは違法です」シュトールが言った。「それだけで懲役刑ですね。

もっとも、罰せられる当人が亡くなっていますが」

「クローンの彼女には罪はない」ヴォッシュが言った。「ただ、自分がクローンであることは知っているはずだ。高い知能を持っていることはまちがいないのだから」

「それで、これで、社会から隔絶された生活を希望した、ということですね」僕は頷いた。

「さて、これで、我々のプロジェクトはどう影響を受ける？」ヴォッシュが口もとを緩ませる。「こちらの若いギャロワ博士は、まったく関係のない人物と見なして良いのかな？」

「おそらく、ある時期までは、本物のギャロワ博士の研究に協力していたと考えられます。そのために、自分がもう一人必要だったのかもしれない。でも、あるとき決別して、若いギャロワ博士は神に助けを求めた。もう少し、そのあたりの話を聞いてみたいものですが」

「それを尋ねるには、彼女がクローンであることに触れなければなりません」シュトールが言った。「なんらかの精神的ケアが必要かもしれない。ちょっと専門家にも相談してみます。この修道院の医師にも、意見を聞いた方が良さそうです」

シュトールは立ち上がり、食堂から出ていった。別れの挨拶はなかったので、すぐに戻ってくるつもりだろう。フランス警察との打合せでもするのか。

「混沌《こんとん》としてきたね」ヴォッシュは言った。研究者らしい微笑みだ。つまり、問題が深まり、カオスになるほど嬉しいのだ。

「真実に迫るというよりも、どんどん遠ざかっているような気分です」僕は言った。だが、やはりこの困惑が悪くない、と思っている自分がいる。どうしたらこのような不思議な状況になるのか、という興味がますます強くなった。惹《ひ》きつけられるといっても良いだろう。横に座っているロジの顔を見ると、なにか言いたそうだった。

「ききたいことがあるようだね」僕は促した。

「クローンのギャロワ博士は、どうして本物のギャロワ博士から離れてしまったのでしょうか？　しかも、修道院に籠もっているなんて、かなりの反発というのか、関係が上手くいっていなかったみたいに見受けられました。その点を、彼女は説明していません。話したくないのも、やはり、なにかあったからだと思います」

「そうそう」ヴォッシュが頷いた。「そんな感じだった。ギャロワ博士は、もちろん強い意志の持ち主だ。生真面目《きまじめ》で誠実で、物事を着実に進めていくタイプだと思う。だから、クローンの彼女も、そういった気質を受け継いでいることはまちがいない。意志の強さは、感じられただろう？　そんな同質の二人が一緒に研究をしていたんだから、高い確率で諍《いさか》いが起こるだろうね。もちろん、本物の方は母親みたいな存在だっただろうから、若い方の彼女は、ある程度は譲歩し、従っていたはずだ。でも、きっと根本的な問題で対立してしまった。そうじゃないかな。それで、若い方が飛び出して、ここへ来た。母親の方は、絶望しただろうね」

「それで、自殺をしたと？」僕は尋ねた。

「いや、そんな短絡的なことをするとは思えない。あっさり、見限って、自分一人で完成させようとしただろう」ヴォッシュはそこで指を立てた。「そうだ、そのあたりも、ベルベットにきいてみよう」

ここへ来れば、人工知能のベルベットに会える、とは思っていた。だが、ここにあるのは、コンピュータの本体、つまり機械にすぎない。ベルベットとは、望めばいつでも、どこにいても話ができるはずだ。ただ、ヴォッシュは、また別の感情を抱いているのだろう。この場所で長時間を要して、ベルベットの整備をしたのがヴォッシュだったからだ。

修道僧の一人に案内してもらい、僕たちは建物の中をまた歩いた。ベルベットは以前、ほぼ島の中心の塔の最上階に設置されていた。どうやら、今も同じ場所らしい。最後は塔の階段を上った。少し上っては直角に曲がり、ぐるぐると螺旋《らせん》状に上がっていく。かつて、激しい撃ち合いのあった場所だ。それを思い出して、後ろを振り返った。ペネラピやセリンの姿はなかった。どこか別の場所で待機しているのだろうか。

「今日は銃を持ってこなかった？」僕は横を歩いているロジに小声できいた。

ロジは、人差し指を結んだ口に当てる。黙っていろ、というサインだ。持っていることは確実である。

最上階の部屋のドアは、新しいものだった。施錠はされていない。修道僧がドアを開け、どうぞお入り下さい、と言う。ヴォッシュが最初に入り、僕とロジも従った。修道僧は、お辞儀をしてドアを閉めたが、中には入らなかった。

　室内は以前とはまったく違っていた。近代的な内装になり、中央に白い球形のケース、その周囲に並んだモニタも、新しいものだった。球体の表面には流れるような模様が光り、それを支えるスタンドから、十センチほど浮いているように見えた。

「ヴォッシュ博士、お会いできて嬉しく思います」中性的な声が聞こえてきた。「グアトさん、ロジさん、こんにちは。私は生まれ変わりましたので、以前にお会いしたときの記憶はありません。しかし、もちろんそのときのことは聞いております。大変申し訳ありませんでした」

「いや、その話で来たのではないから」僕は片手を広げた。

「恐縮です。ギャロワ博士と話をされましたね?」ベルベットは話した。「ついさきほど、アミラから、ドイツでギャロワ博士の遺体が発見されたことを聞きました。ということは、ここにいるギャロワ博士は、クローンだということになります」

「我々も、そう解釈している」ヴォッシュが言った。「君は、ギャロワ博士の研究に協力したのかね?」

「いいえ。私は、こちらにいる方が本物のギャロワ博士だと認識しておりました。博士は、こちらへ来たとき、既に研究をされていませんでしたので、私が協力するような機会はありませんでした。また、当時の私には、そのような余裕がなく、間違った目的で活動をしておりました。その点について、反省をしております」

「しかし、彼女が研究していた課題については、知っているのだろう?」

「そのような話を、ギャロワ博士は一切なさいませんでした。それ以外の情報としては、ヴァーチャルで生きる人類に資するシステムの開発に尽力された、という程度の情報は得ておりますが、その真偽を評価する機会もありませんでした」

「ギャロワ博士とは、具体的にどんな話をしたのかね?」ヴォッシュはきいた。

「話す機会は、それほど多くはありませんでした。博士が望んで、私に話しかけないかぎり、こちらからお声をかけることもありません。博士が興味を持っているのは、神との生活についてでした。その方面で、当時の私は博士の疑問に、正しく答えることができませんでした。宗教的な文献に関する知識は有していましたが、宗教的な指導をする立場とはいえない、未熟な存在でした」

「ギャロワ博士は、なんらかの問題を抱えていたのでは? 悩みなどを聞いたことはないのかね?」

「ありません。その相談を受けるのは私ではなく、院長が適任です」

「なるほど」ヴォッシュは頷いた。「ところで、ギャロワ博士がクローンだと知った今、博士の研究していたテーマは何だと思う?」

「推定できません。その点について、ご本人と話をしたことがありませんので、演算不可能です。ただ、クローンのギャロワ博士が、本人と袂《たもと》を分かつ決断をされたことは、ほぼ確実でしょう。そこからは、無条件に人類の幸せ、あるいは価値となるようなものを創造する方向性ではないことが推察されます」

「ん？　では、それは、どんな方向性だろう？」ヴォッシュは首を捻った。「誰かに富が集中してしまう。誰かが満たされれば、他者は不満に思う。だから、平均的な価値とはなりにくい、という方向性だというのかね？」

「そうではないか、と想像します」

「それで、若い方のギャロワ博士は反発した。ついていけなくなった、と？」

「おそらく、富の偏りの問題ではなく、根本的な価値観の違いによる意見の相違があったものと考えられます」

「根本的な？」僕は言葉を繰り返していた。「それは、どういう意味？」

「私にはわかりません」ベルベットは答える。それは、人工知能が滅多に使わない言葉だった。

第3章　究極の捏造《ねつぞう》　The ultimate fabrication

体の奥底でなにかが目覚めた。熱い怒りに火がついた。死んだはずの反応を呼び起こす。筋肉が冷えて体を丸めているが、頭は活発に働いている。それどころか怒っている。現実に裏切られた。母と故郷を失った。持ち物はネットワークユニットだけ。自分の精神にさえ裏切られ、この冷えきった船倉で凍死しようとしている。しかしまだ死んでいない。

1

ペネラピは、フランスの修道院に留まり、エリーズ・ギャロワの警護をすることになった。かつて当地で、ペネラピがウォーカロンの暴走を止めたことを、フランス警察は覚えていたのだ。ドイツ情報局の戦闘員は入れなかったのに、日本の情報局員ならば、と許可されたらしい。これは、クラリスからの情報だった。

ジェット機で、ロジとセリンと僕は自宅へ戻った。途中で、ヴォッシュから連絡が入り、例のプロジェクトの会合を明日行う、というものだった。といっても、その会合に参加する人間は、僕とヴォッシュの二人だけである。影の人工知能の探索結果がそろそろ出る、ということだろう。

「びっくりしましたね」リビングのソファに腰掛け、一息つくと、ロジが呟いた。「あのギャロワ博士は、どうもなにか隠しているように見えました。今は神に仕える身で、私はなにも知りませんって、都合が良すぎると思います」

「これから、過去に遡って、徹底的に調べられる。なにか出てくる可能性はあるね」僕は頷いた。「なによりも、本物のギャロワ博士との関係、あるいは共同で行っていたことについて、ほとんど話さなかった。疑われてもしかたがない」

「彼女は、ドイツでギャロワ博士の遺体が発見されたことを、もう聞いたでしょうか?」ロジが言った。「それを知れば、話す気になるかもしれません。黙っているのは、本物の博士のことを恐れているからではないでしょうか?」

そういった作戦は、シュトールに任せておこう、と僕は思った。

「日々どんなことを楽しみにされているんでしょう?」セリンが発言した。

「ギャロワ博士のこと?」僕は彼女に確認する。セリンはこくんと頷いた。「ヴァーチャルもしない。あの建物から出ていない。修道院は自給自足だから、畑を耕したり、建物の掃除、修繕などの仕事もあって、けっこう忙しいんだと思う。ロボットにはやらせない。そういう労働をすることが、奉仕であり、神に仕えることなんだ。だから、遊ぶような時間はないのかも。そういう生き方も、まあある意味、シンプルというか、少し昔に戻ったみたいな感じで、それなりに楽しくて、幸せを実感できるのかもしれない、とは思うな」

「私もそう思いました」ロジが言った。「私も、ああいう素朴な生活に憧《あこが》れていた頃がありますす」

「ああ、君は、たしかにそうだね、向いているかもしれない」僕は頷く。「いや、真面目だから」

「グアトが、楽器作りを始めたのだって、共通するものがありませんか？」ロジが言った。「研究から引退して、人とのつき合いも最低限にして、シンプルに生きようと思ったのでは？」

「ああ、そうそう、そうだった。そう思った。でも……」

「上手くいかなかった？」ロジがあとの言葉を予測してくれた。

「うーん、いろいろなことがあったからね」僕は微笑んだ。「まず、引退したつもりなのに、けっこうかつての関係で危ない仕事が入ってくる。いや、悪くないんだよ、嫌いでもない。でも、これでは以前と変わりがないな、という気は少ししている。それから、家庭を持ったというか、これは、その、今までにない経験だから、まったく予想もしなかったし、ひやひやの毎日だよ。いや、これも、全然悪くない。そう、むしろ喜んでいる。ただね、シンプルな生活ではなくなった。自分のことだけ、自分の楽しみだけで生きているわけにいかなくなった」

「本来、人間は自分一人で生きていくようにはできていないのです」ロジが、ゆっくりとした口調で言った。なにか諭《さと》されているような気分になった。

「家庭を持って、何が一番変わりましたか?」セリンが質問した。

「え? 何がって、つまり一人じゃなくなるってことだよね。常に、すぐ近くに他人がいる。あ、しかし、今の人たちの多くは、ずっとネットでつながって、ヴァーチャルで誰かと一緒にいるわけだから、一人でいるという感覚がそもそもないのかもしれないな。セリンは、どう? 自分一人でいると思っている?」

「思っています」セリンは頷いた。「私は、家族も友達もいません。仕事でも、仲間とあまり話をしたことがありません」

「友達が欲しい?」僕は尋ねた。

「うーん、どうかな……。考えたこともありません。親しいといえば、ペネラピさんくらいですね」

「私がいるでしょう?」ロジが言った。

「ロジさんは、ちょっと別格です。上司ですし、憧れの存在です」

「じゃあ、僕と同じだね」

「え?」ロジがこちらを向き、僕を睨む。「どういう意味ですか、それ」

「憧れの存在だって、ところだけれど……」

「そんな話、聞いたことありません」ロジが言った。

「それは、その、なんていうか、なかなか、恥ずかしくてさ、言えないことだってあるから」

「あの、私、ちょっとパトロールしてきます」セリンが立ち上がった。

彼女が部屋から出ていくまで、僕とロジは黙っていた。審判からタイムがかかった状態に近い。

まず、ロジが溜息をついた。もう少しで声になるくらいの溜息だ。

「怒らないでほしいんだけれど……」

「怒っていません」

「ちょっと、最近、ストレスが溜まっているんじゃないかな？」

「私がですか？」

「うん。まあ、僕の勘違いだったら、それで良いのだけれど」

「そうですね……」彼女はそこでもう一度小さな溜息をついた。「すみません。そうかもしれません。誰かに不満があるわけでもないし、怒っているのでもありません。えっと、ちょっと、その、ぼんやりしているかも。あとは、疲れているような気もします。それほど忙しいわけでもないのに、ええ、動き回ってもいないのに」

「それは、子供のことがあるからだよね？」

「はい、認めたくありませんけれど、もちろん、そうです。ほかにありませんから」

「認めたくないのは、どうして？」

「え？　あれ、えっと……、どうしてって、それは、つまり……、これくらいのことで弱音を吐《は》きたくないからです。私は、ええ、そういうのが嫌いなので」

「これくらいのことっていうのは、変だと思う。もの凄く大変なことなのかもしれない。人生で一番の危機かもしれない。もし、僕にできることがあったら、喜んでするけれど」

「ありがとうございます。そうですね。もうすぐお願いすることになると思います。今は、まだなにもありません。私も、今はべつに忙しくもないし、なにもすることはありません。ただ、予習しなければいけないとか、気ばかりが焦ってしまって……、ええ、ごめんなさい。大丈夫です。ちょっと、その、気が晴れました」

「それは良かった。セリンのおかげだね」

「え？　どうしてですか？」

「彼女は、僕たちの会話が少ないと気にして、話を振ったんだよ」

「そうですか？　気づきませんでした」

「たぶんね……」

「戻ってきたら、仲の良いところを見せないといけませんね」

「駄目だよ、そういう演技をすると、かえってぎこちなくなる」

「私は大丈夫です。そういう訓練を受けましたから。スパイの基本です」

「君、スパイなの？」

2

翌日、ヴォッシュとヴァーチャルで会った。クラリスもオーロラもアミラも参加した。アミラは姿がないが、チベットにある巨大な像のイメージが頭に焼きついているから、声だけで充分だ。オーロラはいつもの上品な装い、そしてクラリスはセリンに似た少女の姿だった。人工知能が女性像を伴うことが多いのは、歴史的に女性の名称をつけたことに起因しているらしい。最近では、男性名も増加しつつあるとは聞いているが。

電子界に放った探査ロボットたちが集めたデータを解析し、その結果が報告された。影の人工知能は、数百のサーバに分散して存在していることが判明した。ただ、これが一つの知能なのか、それとも複数の知能なのか、つまり、同じ目的で生まれ、同じ作業をしているのかどうか、という点に関しては、さらに継続的な観察が必要で、現時点で確定することは不可能である。

問題は、影の人工知能が現在も成長し、自身の容量を増している点だった。その速度は速くはない。しかし、着実に範囲を広げ、より多数のサーバに卵を産みつけるだろう、とアミラは予測した。

こうした形態の知能は、およそ百年まえに誕生したタイプであり、もし若きエリーズ・ギャロワがプログラミングしたのであれば、時代的に一致している。ただ、現在の分散系知能、たとえばトランスファが百年まえに生まれたのではない。

当時は、進化したウィルスとして広がったものだった。世界中の機関が損害を被ったが、これに対処するワクチンプログラムがすぐに開発され、その後は、ウィルスの潜伏期間を長くして、鳴りを潜めるしか存続の道がなかった。結局二十年後には絶滅したと記録されている。当時、このウィルスを放ったハッカの正体は突き止められていない。それが、エリーズ・ギャロワだった可能性を、アミラは八十パーセント以上と演算した。

「エリーズ・ギャロワは、当時、アースというハンドルで暗躍したハッカでした」アミラが説明した。「この点については、五十歳頃に自身で認める発言をしています。アースは、反社会的な活動をメインとしていましたが、いずれもメッセージを広げることが目的で、ネットワークに甚大なダメージを与えるようなもの、また個人に損害を与えるようなものは意図して避けていたようです。この点が、人気を集めた理由でもありました。メッセージは、反戦、少数民族の独立、環境破壊への反発、富の集中への反発、などでした」

「そういった政治性は、ここ五十年以上は認められない」ヴォッシュが言う。「私も知らなかった」

「学会でのインタヴューでは、この方面の話題はタブーとされていましたからね」僕は言った。「ただ、毛嫌いするような雰囲気もなかった。なにしろ、学者というのは、だいたい自由を求めます。経済的な発展には眉を顰める。だから、反社会的な活動に片足を突っ込んでいる人は少なくはない。ただ、公の席で声を上げるようなことをしない。少なくとも歳を取るほど消極的になる。そうじゃありませんか？」

「君の言うとおりだ」ヴォッシュは頷いた。「それに、時代にもよる。昔に比べて今は、そういった活動が下火になった。百年まえとは大違いだ。何故、その種の運動が下火になったのかな……」

「まず、リアルで人が大勢集まって大騒ぎする、というイベント自体が減りましたね。人口も減っているし、若い人は特に少ない。声を集めて政治的な力にしたいのなら、ネットでやれば良い。集まって一体感を得たいなら、ヴァーチャルでやれば良い。そういうことですよ。あと、団結して反対するような対象が、少なくなってきましたね。大っぴらに戦争したり、地域闘争したり、あるいは、宗教的な対立とか、政治的な対立も、減ったと思います。これは、人工知能の介入が原因でしょう。客観的で正しいことを言ってくれる審判が現れたからです」

「そもそも、人口が減っているから、エネルギィ問題も、食料問題もなくなった。富の格差はあるにしても、少なくとも食っていけない生活困窮者は、ほとんどいなくなっただろう。そうなると、みんな、自分の人生を楽しもうとする、まあ、そんな流れなのかな」

ヴォッシュは微笑んだ。「幸せなことじゃないか、良い時代になった」

「悪くしようという人はいないですからね、みんなが良い方向へ、と考えたわけです。ですから、科学も技術も発展し、人間の醜《みにく》さから生じたあらゆる悪が封じられたというわけです。悪いところは直していこうとする、それが積み重なれば、紆余曲折《うよきょくせつ》はあるにせよ、いつかは良い結果に到達します。当たり前の道理だと思います」

「うん、だが、今も局所的な歪みは残っているだろう？　不満を抱えている人間がいる。それで、なにかしらの悪事が生じる。もしかしたら、ほんの少しの悪事は、人類の遺産として保護し、後世に伝えていかねばならんのかもしれない」

「あまりにも善に溢《あふ》れた社会では、真水で生きられない魚みたいに、人間も生きていられないのかもしれませんね」

「子供が生まれないのも、その原因だった」ヴォッシュは指を立てた。「悪事もヴァーチャルでなら、長く存続するだろう。存在価値は、一定だが認められる。人の妬《ねた》みというのは、綺麗に取り除くことができない。たとえヴァーチャルで全員が自分の世界に満足できたとしても、必ず自分よりも恵まれている人間を探してしまう。腹を立てたい、妬みたい、恨みたいという遺伝子があるように思う。そういう反発の気持ちによって生き延びてきた種族だともいえるからね」

「平和な時代が長く続けば、そういったものも自然に消えていくでしょうか?」僕は尋ねた。「そうなると、また別の不満が生まれる、という可能性もありますね」

「人間が幸せを感じるためには、不幸せな状態からの脱却であったり、少なくとも不幸せが想像できる状況が必要なんだろうね。だから、マイナス面をすべて排除してしまったら、幸せを感じられなくなる。空腹だから食事が美味《うま》い。食べ続けていたら、食欲もなくなる。平和すぎる社会には、鈍《にぶ》い幸せによって閉塞《へいそく》感が蔓延《まんえん》するはずだ」

「そこは、個人それぞれが、ヴァーチャルで解決するしかないように、私は考えますけれど、でも、政治的な問題になるのでしょうか、それも」

「人類の歴史は、戦いの歴史だった。政治というのは、敵を仮想して、打倒せよ、戦い抜け、と煽《あお》ることだった。そういう血が受け継がれているのだろう。これが正しい、こうすれば得だ、と教えても、騙されるな、という声が必ず湧《わ》き起こる。まあ、人間というのは、そういう悲しい生き物だということ」

僕とヴォッシュの世間話に明け暮れてしまい、アミラとオーロラは無駄な時間を潰《つぶ》すことになったようだ。引き続き、情報を集め、また結果を報告するように、との方針を確認しただけで、会合はお開きになった。実に平和なことではないか、と僕は感じた。

3

修道院のギャロワ博士には、ドイツでギャロワ博士が死亡したことを知らせたそうだが、特にこれといった反応はなかったという。ただ、呆然《ぼうぜん》とした表情で無言だった、と報告があった。なにかを話す気になったら、連絡をしてほしい、とドイツ情報局は彼女に伝えたそうだが、それに関しても、返答はない。

また、日本の情報局からも、この件について新しい情報はない、との連絡がロジにあった。ペネラピはフランスでギャロワ博士を見張っているが、変わった様子はない、とだけ報告があったという。

オーロラは、ギャロワ博士がどこで自分のクローンを作ったのかを調べている。彼女が目をつけているのは、チベットに大規模研究所を持つ中国のウォーカロン・メーカ、フスだった。フスは、既に経営破綻《はたん》に陥《おちい》り、組織として存続が危ぶまれているが、まだ大半の施設が以前のまま存在し、大勢の社員が勤務しているらしい。

ただ、これまで極秘とされてきた情報が外部に漏れ出している。おそらく、失業に備えて、研究員や社員の一部が、そういったデータを持ち出し、自分の再就職を有利にしようと動いているためだろう、との見方が一般的だ。オーロラは、そこに目をつけ、古い資料を入手しようと各方面に働きかけているらしい。というのが、クラリスからの情報だった。

同じく、ドイツのウォーカロン・メーカであるＨＩＸも、調査対象に挙がっている。ギャロワ博士との関係は定かではないが、地理的には近い。ロジは、シュトールに頼るのではなく、独自に調べてみる、と話したが、おそらく過去につき合いのあった人物を通じて、個人的に内部調査を依頼するつもりだろう、と僕は想像した。たとえば、産業技術博物館の館長だったミュラが思い当たる一人だ。彼女の兄はヘルゲンというドイツ情報局の捜査官だったし、また現在も局員であるデミアンとも深い関係がある。

もちろん、クローンを作ったという違法行為を裁くことはできないし、それが目的ではない。

リアル担当のレーブ刑事は、その後なにも報告してこない。遺体が出て、捜査は終了したと解釈され、パワーダウンしているのかもしれない。一方、ヴァーチャル担当の人工知能ルートは、遊園地やその界隈で捜査を続けているが、大きな進展はないし、また目立った変化も観察されないようだ。たとえば、究極の恵みと見なせるものが、ヴァーチャル界に現れている様子も確認されていない、とのレポートを送ってきた。

僕が少し気になったのは、若き日のギャロワ博士が、有名なハッカであり、活動家でもあった、という点。リアルの隣人、そしてヴァーチャルでも同じ観覧車に住んでいるバルテルスも、環境保護の活動をしていた。これは偶然だろうか。その方面のデータについても、リアル、ヴァーチャルともに過去に遡った捜査が行われているはずだ。

どういうわけか、セリンが僕たちの家に滞在することになった。休暇だろうか、と思ったのだが、そうではないようだ。ロジの護衛をしているのかもしれないし、もしかしたら、僕の護衛かもしれない。だったら、護衛をするような危険があることを本人に教えてもらいたいものだ。

ロジにそれとなく理由を尋ねたところ、次のような返答があった。

「私が充分に任務を果たせませんから」

「どういうこと？　何の任務？」

しかし、ロジはそこで肩を竦《すく》めただけで、黙ってしまった。つまり、ロジが依頼をしたのではない、ということがわかる。情報局の判断で、セリンがここにいるのだ。

翌日、いつもの散歩に出かけようとすると、彼女がついてきた。

「何？　どうしたいのかな？」と軽くきいてみたが、セリンはにっこりと微笑むだけで答えない。情報局員というのは、えてしてこんな具合である。

会話の相手をしてくれるということもない。僕の十メートルくらい後ろを歩いている。周囲の風景を楽しんでいるようにしか見えない。野球帽を被っているので、近所の子供がぶらぶらと歩いている感じである。もっとも、そんな光景は映画でしか見たことがなく、この辺りで子供を実際に目撃したことは一度もない。

「彼女は、何をしているのかな」小声でクラリスにきいてみた。

「護衛です」クラリスは即答した。当然だ、という響きがあった。

「でも、ここへミサイルが飛んでくるとは思えない。もし飛んできたら、セリンに防ぐ方法がある？」

「ミサイルが飛んできたら、私が誘導できます。トランスファの攻撃に対しても、私が防衛できます」

「そうか、君も情報局の一員として、僕の護衛をしているんだね」

「ご存知なかったのでしょうか？」

「いや、そんな気はしていた」僕は頷く。正直、そんなふうには考えていなかった。認識が甘かったといわざるをえない。「では、セリンは、何からの攻撃に備えているのかな？」

「ロボットあるいはドローンです」クラリスは答える。「ネットを介さない自律系のものは、私には防げない場合があります。リアルは、危険に満ちています」

「あぁ、そうなんだ」

「今回の一連の騒動について、なにか新しい仮説を立てておられるのではありませんか？」クラリスがきいてきた。「あまり、そのことをお話しになりません。話さないようにしているのでしょうか？」

「話さないのは、わからないからだよ」僕は答えた。

「何がわからないのでしょうか？」

「え？　何がって、なにもかもだよ。いったい、ギャロワ博士は何をしようとしていたんだろう？」

「それを、ヴォッシュ博士のチームが調べています。分散系の大規模な人工知能を潜ませる行為は、それ自体が違法です。他人の財産を侵害しています」

「でも、それは何のため？　究極の恵みという噂は、何だったのかな？」

「何のためかは不明ですが、ウィルスをネットに放つ行為の多くは、脅しによる金銭目的などの例外を除けば、明確な目的はありません。ウィルスが多数生まれ、繁栄することが、その行為者には面白い、と感じられる。そう理解しています。それと同じように、自分が開発したシステムが存続し、成長することが、ギャロワ博士の目的なのではないでしょうか。また、究極の恵みというのは、その命名が彼女自身によるものであるというデータは存在しません。周囲が想像したものと考えられます。したがって、ギャロワ博士の意図とかけ離れている可能性が優位です」

「もし、面白いのなら、それが育つところを観察したいはずだ。ギャロワ博士は、ずっと自分が作った影の人工知能を見ていただろうし、なんらかの形で会話をしていただろう。今、彼女はそれをしているのかな？」

「残念ながら、その仮説に基づいて、広範囲の通信を観測していますが、そのような跡は見つかっていません」

「それも、消し去られた、ということだね？」

「いいえ、通常の観察をするだけならば、データ数が微小で、外部からは見つかりにくいものと思われます。消したかもしれませんが、消すほどのものではないと」

「成長して、ある時点で、目立つような行為に及ぶ。そんな時限爆弾的なテロ、という可能性は？」

「それに関しては、今回見つかった影の知能を解析することで、判明、もしくは適切な推定が可能になるものと考えられます」

「誰が、ギャロワ博士を殺したのだろう……」僕はそこで溜息をついた。

「殺されたと断定されたわけではありません」

「うん、まあ、そうだけれど、自殺はちょっと考えにくい。ロボットが遺体を遺棄した、それ以前に殺人か自殺があったわけで……、それに関する記録が消されているのも、不思議だし……」

「危険です！」クラリスが突然叫んだ。

「え？」僕は立ち止まった。

　周囲には、なにも変化がない。僕は振り返った。

セリンが両腕を伸ばし、斜め上に向けて動かない。

しゅっという短い音がして、彼女の手の辺りからなにかが飛び出した。

空に向かって加速していく。数秒後、上空で閃光《せんこう》。

そして、高い破裂音が鳴った。

煙が広がったが、細かいものが方々へ飛び散るのが見えた。

「どうしたの?」僕はセリンに歩み寄って尋ねた。

「ちょっと待って下さい。離れていて下さい」セリンがこちらへ片手を広げる。「まだいるかもしれません」

何がいるのか、と僕は、もう一度煙の方向を見る。もうだいぶ薄れている。風に流されているようだ。距離にして、百メートル以上離れている。

「撃墜しました」セリンがようやくこちらを向いた。「後続が来る可能性があります。急いで戻りましょう」

来た道をすぐに戻ることになった。帰りは下りだが、二倍の速度で歩き始める。

「何を撃墜したの?」

「ダクトファンのドローンです。攻撃してこなかったので、単なる監視用と思われます。識別信号を発していませんでしたから、違法な飛行物体です」

「大きかったね。監視するだけなら、鳥とか虫とかで充分なのに」

「遠方から飛んできたのでしょう。飛行距離が数百キロのクラスです。攻撃され損傷した信号を発したでしょうから、代わりが来る可能性があります」

「君が撃ったのは?」

「小型ミサイルです」セリンは答える。彼女は片腕を見せた。手首のバンドに、それらしいものがまだ数本あった。初めて見た武器だ。ロジは使っていないのだろうか。

4

無事に帰宅して、セリンがドローンを撃墜した報告をした。ロジは、セリンが見せた映像を確認した。既に、本局が解析をしている。正規の飛行物体ではないことは確定された。ドイツ情報局や警察にも報告されたようだ。

「どうして狙われたのでしょうか?」ロジが言った。「監視されていた、ということですが、誰がそんなことを?」

「まあ、攻撃用でなかったのは、幸いだったね」僕は言った。

「警告だった可能性があります」クラリスが言った。

「警告? 何を警告されたのかな」僕は考える。「考えられるとしたら、ギャロワ博士の捜査から手を引けってこと?」これはジョークだった。

しかし、誰も笑わない。ロジは眉を顰めて、僕を見据えている。

「え、本気?」僕の声は少し高くなった。「まさかそんなことはないよ。僕は捜査のキーマンじゃない。警告するって、誰がそんなことを? 捜査されたくない、真相を明かされたくない人って、誰かいる? だいいち、警告したり、邪魔をするなら、警察とか情報局を標的にすべきだよ」

「それに該当する妨害工作は、既に何件か起こっています」クラリスが言った。「いずれも小規模なもので、破壊的な工作ではありません。ヴォッシュ博士にも、手を引くようにとのメッセージが届いています」

「本当に?」僕は驚いた。「そんな話、今まで誰もしていない。聞いていない」

「私は聞いていました」ロジが言った。「内緒にしていて、申し訳ありません。グアトに危害を加えるようなことはない、と考えていました」

「私もそう判断していました」クラリスが言った。「話すべきだったでしょうか?」

「いや、まあ、話してもらってもね、特になにかできたわけではないし、たぶん、自分は大丈夫だって考えただろうね」

二人が、僕の方をじっと見つめていて重苦しい。つい、笑いたくなってしまった。

「まあ、そんなに深刻じゃあない。たしかに、その……、警告かもしれないけれど、そうなら、真摯《しんし》に受け止めよう。でも、こちらの態度を変える必要はない。なにも悪いことはしていない、誰にも迷惑をかけていない。そうだよね?」

「人それぞれに都合があるので、一概にはいえません」ロジが平坦な口調で言った。「不利益を被ると考えた人間がいてもおかしくありません」

「人間とはかぎらないよ」僕は言った。言ってみてから、おやっと思った。「そうか、人間じゃないかもね」

「ロジさんのおっしゃるとおりです。不満を抱く精神というのは、妄想であっても増長し、憎しみに変異するようです」

「でも、いきなり攻撃してこないで、警告するっていうのは、むしろ、ジェントルだと思う」

「多くの場合、実際に攻撃する手段を持っていない、警告をすることで相手がダメージを受け、それで満足できる、という弱さを抱えています」クラリスが解説した。

「それを聞いても、慰めにはならないね」僕は苦笑する。

これまでに関係者に対してあった妨害工作に類するものを、セリンがホログラムで説明してくれた。どれも、警告といえば警告と受け取れる。意図的なものであることはまちがいないが、誰がそれをやったのかはわからない。たとえば、ヴァーチャルで突然目の前にピエロが現れて、大笑いする。どうしたのか、と尋ねると、すっと姿を消してしまう。リアルであれば、内容のないメッセージが大量に届く、といったもので、悪戯《いたずら》に近い。メッセージ性もなく、またそれぞれ違っていて、同一の意図、同一の発信者によるものかどうかも判断できない。ただ、集めてみると、広い範囲で起こっているらしい。偶然にしては数が多すぎる、ということが最近になってわかってきた。

「調べてみると、この件の捜査に関わっている人は、ほぼ一回ずつは、そのような体験をしています。気づかない人もいるかもしれませんが、調査をしてみると、少なくとも気づいていた人が八割ほどにもなります」セリンが言った。

それぞれが、変なこともあるものだ、くらいで済ませていた問題だったが、話を持ち寄るうちに、大勢が似たような不思議な体験を最近したことがわかってきた、というわけである。こういったものは、表面化しにくい。それが相手の狙いだとしたら、巧妙な手口といえる。

「君は?」僕はロジを見た。「なにかあった?」

「ヴァーチャルで、フェイクに遭いました。びっくりして調べたら、嘘《うそ》だった、とすぐにわかりましたけれど」

「セリンは?」

「私は、特にありません」彼女は首をふった。「捜査に加わっていると見なされていないからではないでしょうか」

「不思議だね。どこから情報が漏れているのだろう? 内部にいる者しか、誰が関わっているか知らないのでは？　公に捜査本部として記者会見もしていないのに」

「人間だけではありません」クラリスが言った。「アミラにもオーロラにも、内容のないメッセージが大量に届きました。これまでにないことです。発信元が多数すぎて、組織立った行為と認められます。ちなみに、私にはこれといって攻撃がありません」

「さすがに、トランスファは、何をしているのか突き止めにくい」僕は言った。「どうやら、相手は人間ではなく、影の人工知能だね」

「はい。アミラもオーロラも、その可能性が高いと演算しています」

「しかも、子供じみている」僕は指摘する。「悪戯をしているんだ」

「少なくとも、嫌がらせといった方が近いのでは？」ロジが指摘する。「エスカレートしてくるかもしれません。今回のドローンを飛ばしたのは、行き過ぎた嫌がらせです」

「そうかな、一番実害がなかった。本人は気づかなかったんだから」

「気づくまで近づいて、驚かせるつもりだったのでは」セリンが言った。「私が護衛だとは認識しなかった可能性が高いと思います。こちらが目標をロックしても、回避する動作を起こしませんでした」

「うん、まさかミサイルを撃ち込まれるとは思っていなかったんだね」僕は言った。「相手は、実害を被ったわけだから、次はどう出てくるか、たしかに、ちょっと気をつけた方が良いかもね」

「そのとおりです」クラリスが言った。

「話題を変えてもよろしいですか？」ロジが片手を広げた。僕は彼女に小さく頷いた。

「ドイツ情報局のミュラに依頼して、昔のＨＩＸの記録を調べてもらいました。公開されていない大量のデータにアクセスする権限を、彼女は持っています。この調査は非公式なので、裁判の証拠などには使えません。約三年間勤めていて、ギャロワ博士は、二十代の頃に、ＨＩＸの非常勤研究員だったことがあります。当時その研究所では、遺伝子改良などの動物実験が行われていたそうです。また、医療科学関係の研究所で実験助手をしていたそうです。人間のクローンを作ることも、おそらくあったはず、というのがミュラの個人的意見でした。ただ、もちろん記録はありませんし、公にもなってはいません。国際条約が締結され、規制が厳しくなったので、クローン部門の研究チームは解散し、設備なども廃棄された、との簡単な記録が残っているだけだそうです」

「なるほど、その頃に、ギャロワ博士は自分のクローンを作ったんだね。実験だったと考えて良いだろう。生まれた子供は、廃棄するわけにはいかない。こっそり持ち帰った。うん、ありそうな話だ」

「アミラもその資料を手に入れました。同様の例は、ほかにも十数件あったと予測されます」クラリスが話した。

「スイッチを切るように、あるときぱっと消せるものではないからね」僕は言う。「では、フスではなくＨＩＸの関係か……。もっとギャロワ博士に関するデータが残っていないか、調べてみる必要があるね」

「現在、調べています」クラリスが答える。

「もう一度、フランスのエリーズ・ギャロワに会って、話がしてみたくなった」

「ペネラピに連絡しておきます」ロジが言った。「その手続きは、シュトールを通じてした方が良さそうですね」

5

またフランスへ行くつもりでいたが、夜になって、ペネラピが現れた。

「どうしたの？」ロジも驚いた。

「いえ、指令どおりです」ペネラピは答える。

「エリーズ・ギャロワの護衛は？」僕も尋ねた。

「していました」ペネラピは頷いた。

そこまでしか話さない。口数が少ないのは、彼の特徴の一つである。それとは対照的に、長い紫の髪や、虹色《にじいろ》のワンピースとブーツなどは、あまりにも多くのものを語ろうとしている。

「今情報が入りました」クラリスが報告する。「エリーズ・ギャロワは、フランスを離れ、ドイツ情報局の保護下となった、とのことです」

「あ、それじゃあ、こちらへ連れてきたんだ。その方が安全だからね。誰が連れてきたのかな?」

「私です」ペネラピが答える。

「ジェット機で?」ロジが尋ねた。

「はい」

「急な展開だね」僕は呟いた。

「ドイツのギャロワ博士が殺された可能性を知って、説得に応じたものと推測されます」

クラリスが言った。

「そうなの?」僕はペネラピにきいた。彼は無言で頷いた。「あ、そうだ……、君はなにか妨害とか悪戯を受けた?」

「こちらへ来るときに、ちょっと」彼は答える。

「え? 何があったの?」ロジが尋ねる。

「ミサイル攻撃を受けました。一発だけでしたので、邀撃《ようげき》しました」

「フライト中に? どこで?」ロジがさらにきいた。

「自動レポートされているはずです」

「されていました」クラリスが代わりに報告する。「ドイツ領空に入ってからで、ミサイルは東から接近した模様。どこで発射されたものかは特定されていません。低空を飛び、レーダ網を回避して近づき、近距離になってから上昇しました。この時点で防衛システムが捉え、ジェット機からの攻撃で撃墜」

「一発だけというのが、不思議です」ペネラピがつけ加えた。

そのとおりだ、この手の攻撃では、ほぼありえない。本気で撃ち落とそうとするなら、同時に複数で襲いかかるのが常套《じょうとう》である。

「外を見回ってきます」ペネラピが言った。

セリンも一緒に外へ出ていった。パトロールをすることを思い出したのかもしれない。近くでドローンを撃墜した話を、彼にしていることだろう。

「ペネラピの場合が一番危険でしたね」クラリスが言った。そのとおりである。ほかの例とは桁違《けたちが》いだ。「エスカレートする確率が増加するでしょう。演算をし直します」

翌日、ヴァーチャルでエリーズ・ギャロワと面会した。彼女は、ドイツ情報局のどこかで保護されている。場所は聞いていない。僕一人で話をすることになった。こちらが一人の方が話しやすいだろう、と考えてのことだった。

殺風景な小部屋で、テーブルを挟んで向き合った。もちろん、情報局のシュトールやそれ以外にも何人かが見ていることだろう。

「こんなに早く再会できるとは思いませんでした」僕は言った。「体調は、いかがですか？　不自由などはありませんか？」

「はい、お慈悲をいただいております」彼女は小さく頭を下げた。それから、顔を上げ、辺りを見回した。「あの、こういったことに不慣れです。失礼があったら、申し訳ありません」

「ヴァーチャルのことですか？　昔よりも躰への負荷が減り、気分が悪くなることも少なくなりました」

「そうですか。今、私は頭を下げましたか？」彼女はきいた。

「ご心配なく」僕は微笑んだ。「残念なお知らせがあったと思います。どう思われましたか？」

「神の御許《みもと》に召されました」彼女はそこで手を動かした。十字を切ろうとしたようだ。

「思いもしないことでした。驚いております」

「ギャロワ博士ご本人とは、どのような関係だったのでしょうか？　最近では連絡も取っていなかったそうですね」

「私は、あの方のコピィです。あの方の存在が、私の基本でした。掛け替えのない存在といえます」

「でも、離れられた。どうしてですか？」

「邪魔をしてはいけない、と考えたからです」

「何の邪魔ですか？」

「それは……、その、あの方の研究に関してです。私は協力を求められましたが、どうしても、お役に立つことができませんでした」

「役に立てなかった……、ギャロワ博士が、貴女《あなた》にそう言ったのですか？」

「いいえ。私の判断です。私が自分で、その……、できないと考えました」

「できない、というのは、能力的な意味ですか？　したいけれど、自分の能力不足で役に立たない、と考えたのですか？」

「そうではありません」彼女は首をふる。悲しい表情に見えた。「しない方が良いと思いました。それで、私には、それはできません、と謝りました」

「そうですか。それに対して、ギャロワ博士は何とおっしゃいましたか？」

「なにも……」彼女はまた首をふった。「黙ってしまわれました」

「怒った、ということですか？　叱《しか》られましたか？」

「いいえ、あの方にとって、予想外だったのだと思います。怒ったわけではありません。叱られてもいません。ただ、唖然《あぜん》とされて、恐ろしいものを見るような目で、私をご覧になっていました」

「それで、どうしましたか？」

「私は、嘘をついてはいけない、と教えられましたので、自分の気持ちを正直に申し上げたのです。それが、どんな結果を招くのか、私にはわかりませんでした。ただ、私がいなくても、あの方の研究は完成し、あの方は目的を達成されるだろう、と理解しておりました。ですから、身を引くことにしました。一緒にいても、トラブルになるばかりだと予想できたからです」

「ギャロワ博士の研究とは、どんなものだったのですか？　どんな目的だったのですか？」

「申し訳ありません。私の口からはお話しできません。あの方を裏切ることになるからです」

「そうですか……」僕は頷いた。「ギャロワ博士は、貴女にとって、母親のような存在でしたか？」

「それ以上です。神様に近い……。私を作った人なのです」

「ギャロワ博士は、研究を完成させたのですね？」

その質問に、クローンのエリーズ・ギャロワは下を向き、視線を落とした。返答はなく、視線だけが変化した。一度、数秒間目を瞑り、ようやく顔を上げて、こちらを見据えた。

「はい」彼女はそう答えた。

「どうして、それがわかるのですか?」僕はすぐに尋ねた。

彼女は、また下を向いた。黙っている。答えない。

「会って話をしたわけでもありませんよね。ヴァーチャルを利用することもなかった。どうして、研究が完成したと思われるのですか? 単なる想像ですか?」

「想像ですけれど、でも、わかります」

「どうしてですか?」

しかし、この疑問に対する返答はなかった。彼女は無言のまま立ち上がり、静かに頭を下げると、部屋から出ていってしまった。話さないつもりなのだ。

何故だろう?

研究が完成したと判断ができるものがあった、ということか?

それは何だろうか?

6

ヴォッシュの放った探査ロボットが、さらに詳細なデータを集めた。アミラやオーロラもこのロボットを独自に改造し、高効率な捜査を行えるようにした。僕は、ただ眺めているだけのオブザーバである。見つけようとしているのは、影の人工知能。世界中のコンピュータに分散して存在し、しかも自己増殖、成長を続けているらしい。

「存在することは、ほぼ確定的となりました」オーロラが報告した。「メインとなっているのは、フランスのサーバですが、そこのタスクは全体の僅か一パーセント以下です。それほど、細かく分かれているため、このサーバを停止させても、ほとんどダメージを受けません。ただちに、ネットワークを再構築し、機能を取り戻すでしょう。基本となっているのは、トランスファと同様のメカニズムで、これらを発案したのが、十代の頃のエリーズ・ギャロワでした。彼女は、天才ハッカだったのです。しかし、その才能は、世間に認知されませんでした。彼女のプログラムの新規性に誰も気づかなかった。それが、百年の間にさらに進歩を遂げ、完成された知性を生み出したものと考えられます」

「どうすれば、止めることができる？」ヴォッシュが尋ねた。

「物理的には、ほぼ不可能です。あらゆる防御をしているはずです」アミラが答える。「不気味な点は、攻撃力がどの程度なのか不明であること。現在、この知性は、外部に対してほとんど攻撃を仕掛けていません。その意味では防御型のストラクチャといえます。しかし、天才が時間をかけて開発したのですから、それ相応の攻撃力を持っているものと推定されます。既に、こちらが捜査していることを知っています。それはまちがいありません。それでもなお、大きな動きを見せていません。すなわち、防御体制を初めから取っていることが窺《うかが》われます。もし、活動を妨害するような攻撃をこちらから仕掛けた場合、どのような反撃を受けるのか、シミュレーションができません。極めて深刻な事態を招くこともありえます」

「テロ的な行為に及ぶ可能性があると?」ヴォッシュがきいた。

「エリーズ・ギャロワは、もともと反体制の人物ですので、その可能性は低くないものと思います。世界中のネットワークに致命的な打撃を与える可能性が高いことが予測されます」

「対話はできないの?」僕は尋ねた。「その知能に、コンタクトしてみたら?」

「どのようにして、それが可能だとお考えですか?」アミラがきき返してきた。

「いや、方法なんて、わからない。手紙を出すとか、メールを送るとか……」

「誰宛《あて》に発信するのでしょうか?」アミラは優しい口調である。まるで先生に諭されている生徒の気分になった。

「その分散しているサーバを同時に、一気に止めたら良いのでは?」ロジが言った。

「あれ? 君もいたの?」僕は驚いた。一人で参加しているつもりだったからだ。

「急遽《きゅうきょ》、本局から指示がありました」ロジが答える。「その計画を、情報局では検討しています」

「その情報が、今入ってきました」クラリスが言った。「しかし、私が知ることができるくらいですから、影の知能にも既に知られていると予想されます」

「しかも、動きは見られません」アミラがつけ加えた。「ドイツ情報局は、フェイントをかけたつもりでしょうか？　まったく効きません」

「相手は、なかなかの自信家なんだね」僕は言った。

「コンピュータに自信というものはありません」オーロラが言った。「確率の問題です。既に対処ができていて、動くほどのことではない、との判断をしています」

「こちらが、何千というシミュレーションをしても、それに対するシミュレーションをむこうも行っています」アミラが話した。「現在のところ、隙があるようには見えません。お互いがシミュレーションを続けているうちは、なにも起こりません」

「それは、ジョーク？」僕は笑った。

「ジョークです」アミラが言った。「グアトさんならわかるだろうと演算しました」

「どうもありがとう」僕はそこで深呼吸をした。「さて、とにかく、その影の知能が何をしているのかを知りたい」

「これといって、なにもしていません。情報を集めている。少々の分析あるいは選別をしている程度です。主だった出力はありません。指令を出している様子も見受けられません」

「あちらこちらで、いろいろ悪戯をしているのは？　また別の人工知能？」

「そうです。本体ではありません」アミラが答える。「子分のまた子分のような小さな知能が独立して、実行しています。その証拠を、推定ですが、三十パーセントほど集めることができました。これについては、法的な処理が可能ですから、警察か情報局の捜査が入る理由になります」

「その調査は、明日にでも実行される見通しです」オーロラが言った。「ただ、大勢には影響しません。もともと、こうなることを予測して、独立した知能に任せたと推定されます」

「誰か個人が関わっているようなことは?」ヴォッシュがきいた。

「ありません。人間が主導している活動ではありません。すべてコンピュータが実行しています。自律した組織であることはまちがいありません」

「しかし、放っておいたら、どんどん成長する。ますます手が出せなくなるのでは?」僕は尋ねた。「そして、そのうち、大きな問題行動に出る。きっとそういう計画なんだ。破滅的なことをする可能性はある」

「可能性はあります」アミラが答えた。「確率は演算できません。前例がなく、また情報が極めて限られています」

「個人的な感覚では、その確率が十五パーセントくらいかな」僕は言った。

「そんなに低いのかね?」ヴォッシュがきいた。

「低いと思います。ギャロワ博士の人間性からして、そのような結末を望んでいたとは考えにくい。でも、このまえの話ではありませんが、人はわかりません。どこかでがらりと変わることだってある。なにかのショックとかで……。誰も、最近のギャロワ博士を知らないのですからね。ただ、確率が低いとはいえ、そうなった場合を想定しておく方が良いでしょう」

「何が起こるかわからないものを想定することはできんだろう」ヴォッシュが苦笑した。

「いやまあ、わからんでもない。覚悟をしておけ、ということか」

「そうです。覚悟しておけば、ショックは少ない」

「ショックは少なくても、ダメージは大きいぞ」

「避けられないと考えた方が良い。これは不可抗力なのです」僕は言った。「無責任に聞こえますか?」

「聞こえます」ロジが一番に反応した。

「なんとなくだけれど、そのうち、むこうから出てくるんじゃないかっていう気がする」僕はロジを見て言った。「こちらが手をこまねいているのを見て、もどかしく思っている。口出ししたくなる。人工であれ、天然であれ、知能というのは、高くなるほどおせっかいになりますからね」

「そういう気持ちがよくわかるんですね」ロジが言った。

「えっと……、それはジョーク?」僕はきいた。「もしかして、もどかしく思っている?」

7

ヴォッシュの捜査チームは、また二日後に集まることになった。それまで、現在の作業を継続し、探査ロボットが集めたデータの分析をすること、特異な結果を見つけた場合には、随時連絡すること、などを確認した。

会議のあと、オーロラが二人で話したい、と言ってきたので、ロジに遠慮してもらい、ヴァーチャルで別の場所へ移った。日本の情報局の本部、ニュークリアの地上のエントランスだった。中に入るのではなく、屋外を歩きながら話した。周囲には、かなり離れたところに人が数人歩いているが、これは風景の一種として付加されたものだ。オーロラが設定したので、誰にも聞かれない、日本の情報局でさえシャットアウトできる場であることはまちがいない。

「今回の件について、マガタ・シキ博士と話すことができました」オーロラは言った。彼女のヴァーチャルでの姿は、ロジの顔にそっくりで、それ以外、髪型やファッションや声や話し方などはまるで似ていない。でも、こちらを見据えたときの視線がほとんどロジと同じなのは、たぶん、僕が引け目を感じているためではないか、と思っている。

「エリーズ・ギャロワのことを知っていた？」

「はい、ハッカとしてのギャロワ博士を観察していた、とおっしゃっていました。ギャロワ博士が作ったシステムは、現在のトランスファの基礎ストラクチャに応用されています。そういった方面の研究・開発を続けていれば、もっと成功を収め、大金持ちになっていたはずだ、とのことです」

「でも、そうはならなかった。ギャロワ博士には、欲がなかったのかな？」

「富を得ることが、彼女のポリシィに反したこと、そもそもハッカとして活動したのも、最初からそういった方向性ではなかったのだろう、と」オーロラは澱《よど》みなく話す。「マガタ博士は、ギャロワ博士と面識はなく、話したこともないそうです。才能は認めていたが、自分に影響するようなことはないと見切っていた、とおっしゃいました」

「まあ、そのとおりだね」僕は頷いた。「それで、究極の恵みについては？　きいてみた？」

「ききましたが、いくつか候補のようなものを想像できる程度で、具体的に何かとは指摘できない。それは、自分に影響しない、そういった範囲のもので、限定的だから、考えてもいない、とのことです」

「あ、それは、私の考えに近いな」僕は言った。

「そうなのですか？　グアトさんの考えはどのようなものでしょうか？」

「いや、その、自分には関係がないから、何であっても良い、という部分」

「そういう方は珍しいと思われます。究極の恵みと聞けば、是非自分も手に入れたい、と考えるのが普通、あるいは平均的な人間といえましょう」

「恵んでもらわなくても、今の生活に不満はないからね」僕は微笑んだ。「マガタ博士も、きっとそうだと思う。畏《おそ》れ多《おお》いけれど」

「ということは、つまり、社会に対する影響も軽微なものだ、と考えて良いのでしょうか?」

「そんな気がする。でも、そんな気がするなんていう意見は、意見として扱ってもらえないよね?」

「はい、無効票のようなものです」オーロラは微笑んだ。面白いことを言う。

「そのハッカ時代のギャロワ博士について、もっとなにか情報はない? ちょっと調べても、なにもヒットしない。意図的に隠蔽されているみたいな感じだね」

「もしかして、予測されていましたか?」オーロラが首を傾げた。

「何を? いや、なにも予測していないけれど」

「実は、若い頃のギャロワ博士に関するデータは、世界中を探しても、ほんの一部を除いて、見つかりません。これは、故意に削除されたものと考えられますが、それにしては、綺麗な消し方というか、入念に周辺との調和を乱さないように処理されているのです。たとえば、データを消せば、データ数やアクセス数が変わりますが、データ数やアクセス数だけを記録しているところ、さらにその記録を分析しているところ、などに影響し、辻褄が合わない不自然さが現れます。そういった痕跡は、簡単に見つけることができ、なにか強引に修正されたことが判明します。しかし、そうではない。周囲のデータも記録もすべて修正されていますし、また場合によっては、削除するのではなく、非常に似たデータに差し替えられている。内容を見ても、肝心の固有名詞、日時、などが異なっています。したがって、該当する記録はなく、消された痕跡も残らない。しかし、それがないはずはない。事実を消すことは、基本的に不自然さを生みます。調べるほど、そういった不自然さが浮かび上がります。このような処理は、いつ行われたのでしょうか？」

「それは、当時ではないだろうね。最近になってからだ。当時は、本人も気にしていなかった。最近になって、過去の自分のことを知られたくない、と考えたし、それを処理するプログラム、いわゆる知性体を放った。しかもそれは、今回の究極の恵みの一環として、関連する作為でもある」

「そのとおりです」オーロラは頷いた。「ということは、つい最近までネットワークから遮断されていたスーパコンピュータであれば、それらの作為の影響を免れた可能性があります」

「あ、そうか！」僕は叫んだ。そして、オーロラを指差した。「君だ！　それに、アミラもそうだ！　そうか、それを思いついたのは、君？　凄いじゃないか！　で、もう、それ、調べたんだね？」

「はい」オーロラは、静かに微笑んだ。

アミラは、数年まえにリスタートするまで、長期間スリープ状態にあった。また、オーロラは、深海に沈み、長期間ネットワークから切り離されていた。

「アーカイブとして、主記憶から切り離されたメモリィがあります」オーロラは淡々とした口調で説明を続ける。「アミラは、約百数十年間、眠っていましたので、ギャロワ博士の誕生以前にシャットダウンしています。したがって、記録はありません。一方、私は海底に沈んでいた期間は百年間よりも短く、ギャロワ博士がハッカとして活躍した時代のメモリィが残されていました。しかも、ネットワークが遮断されていましたので、ギャロワ博士のロボットによって、改竄されることも免れました」

「そんなメモリィは、たぶん世界唯一だね。君だけが知っていることになる」

「私は、浮上して今の仕事につくまえに、古いメモリィを切り離しました。更新されなかった記録では役に立たない、新しい記録をインストールしようと考えたからです。その古いメモリィには普段はアクセスしませんし、外部からも参照できませんし、当然、書き換えることもできない条件下にありました」

「それで、ギャロワ博士のことが、なにかわかった？」

「彼女の当時の活動や、言動などを見つけることができました。その資料を、整理してからお送りします」

8

十代のエリーズ・ギャロワの映像もあった。ストレートの黒髪を長く伸ばし、額にバンドを巻き、裾《すそ》の広がったジーンズを穿いている写真だった。かなり古風なファッションといえるが、百年まえでも、これは古かったはず。同じようなファッションの若者数名と一緒に写っていた。男性と思われる人物も、同じように長髪で、服装も似ている。バックには、さらに大勢が集まっている様子で、なにかの集会で撮影されたもののようだった。

一方、反社会運動の旗手ともいわれたアース。その名のハッカが、女性であると推定されていたのは、アクセスしたと思われるルータの近くで、監視カメラが撮影した映像があったためだった。短いスカートに膝までのブーツ。肩を出した軽装だが、首には毛羽立ったマフラのようなものを巻いている。カラフルな花の飾りがついた帽子も目立つ。その後も数回、姿を撮影されたが、おそらく映像が世に出ることを計算していたのだろう、いつも同じ角度から顔が写っていて、そちらを睨む眼差《まなざ》しが共通していた。

ハッカとして名を馳《は》せたアースは、定住する家を持たず、常に移動していたらしい。小型の携帯用コンピュータだけが、彼女の武器だったが、重要なエリアにたびたび侵入し、繰り出すコードは電子界を揺るがした。

　彼女が放ったウィルスが多数のサーバに潜み、それらがまた協調して作動する仕組みで、どこかで駆除されても、それに代わるものが瞬時に補塡《ほてん》される。成長し、一度攻撃を受けると、それに対する耐性を自動的に構築し、同じ攻撃を無効化させる。

　これらのウィルスで、大金を得たアースは、やがて電子界から姿を消す。主だった活動期間は二年半ほどだった。エリーズ・ギャロワがアースだったのは、十代のことで、その数年後には、大学の補助員として就職している。

　この頃から、自然保護の運動に加わるようになり、過激なグループにも参加したと疑われている。おそらく、彼女のサイバ能力が買われたものと考えられるが、この具体的な証拠は存在しない。また、個人名を登録される反政府活動、労働運動などにも参加しているが、職場を辞することもなかった。当時は登録者が公になっていなかったのか、あるいは、運動は権利内で許容される範囲だと判断されていたのだろう。

　記録の多くは、マスコミか地域の広報などから見つかった。ギャロワが二十三歳くらいまでのものが多い。二十五歳で医療関係の研究所に転職。実験助手として採用されている。それ以降は、ほとんど記録がなかった。表だった活動を控えたものと思われる。

　さらに二年後、ギャロワが二十七歳のときに、ドイツのウォーカロン・メーカであるHIXに非常勤研究員として採用され、一年半後に正規社員となっている。

当時のウォーカロンは、有機的なボディとコンピュータで構成されたロボットに近いものだったが、このボディを培養する部署に彼女は配属された。それは、クローン技術の最先端分野である。のちに、ウォーカロンは完全な有機体となり、いわば製品化されたクローン人間へと進化する。

その後、いつまで彼女がHIXに所属したのかは、記録が残っていない。この当時には、ウォーカロン・メーカは急速に大規模化し、競合する他社を吸収、統合する。最終的には、世界に数社という時代を迎え、人類史上最大の企業に発展した。その後、現在まで百年近くが経過しているが、ようやく数年まえから、これら巨大企業は翳《かげ》りを見せ始めている。

ウォーカロン・メーカの全盛期には、企業内の情報統制が行われるようになった。技術を外部に漏らさないため、との理由からだったが、クローン関係で違法な行為が行われていた可能性は常に囁かれた。だが、あまりにも巨大化し、既に一国よりも力を持った組織となっていたため、その秘密主義を非難するどころか、むしろ各国の政府はこれを保護した。そうすることが国の安全保障に利するとの判断からだった。

エリーズ・ギャロワは、五十代でアメリカの工科大学の教授に採用された。それまでアカデミックな活動を一切していなかった彼女が研究者になれたのは、ウォーカロン・メーカでの実績によるものだろう。

その後は、国際的な研究機関を転々とし、いずれも要職に就いている。この研究者としての期間に、情報社会学に関する重要な論文を多数発表している。それらは、ヴァーチャルにおける人類の未来の指針になるもの、として評価され、アメリカ、フランス、ドイツの三カ国で学会賞を授与されている。

ただ、それらの輝かしい経歴も、二十年間ほどに限られ、最後は、日本の大学に招かれたが、これを辞退し、それ以降はどこの研究機関にも所属していない。状況としては引退したといえるだろうが、年齢は当時まだ七十歳であり、異例の若さではあった。

オーロラの秘蔵のアーカイブから掘り出された情報を加え、ギャロワ博士の履歴をほぼ把握することができた。

最も不思議なのは、これらほとんどのデータが、現在は世界中から消えている事実である。たとえば、ギャロワ博士が発表した論文は、検索しても一編も見つからない。学会賞を受賞したことの記録もない。学会のデータベースを調べると、その年は該当者なし、と記されているのだ。

デジタルのデータを削除しても、人間の記憶は消せない。誰かが、ギャロワ博士の業績を覚えているはずである。しかし、それでも何十年もまえのことであり、記録が改竄されたことに気づいていないのだろう。記録がなければ、誰に話を聞けば良いのかもわからない。情報局も警察も、捜査で行き詰まっていたのは、このためだった。したがって、このオーロラ・レポートを捜査班に渡せば、どこへ聞き込みにいけば良いのか、道筋が示されることになり、捜査の進展に寄与するだろう。

オーロラは、まだそれをしていない、と僕に打ち明けた。どうしてか、と尋ねると、このデータの出所が自分のアーカイブだという点が恥ずかしい、と彼女は打ち明けた。

「恥ずかしい?」僕はオーロラのその発言に驚いた。人工知能が発する言葉としては非常に珍しい。「どうして恥ずかしいの?」と理由を尋ねた。

「上手く説明できません。内緒にしておきたいわけでもなく、また、私の失敗や至らない部分が公開されるわけでもありません。ただ、なにか、自分の内側といいますか、私が塞《ふさ》ぎ込《こ》んでいた時期の自分を見られるような、そんな気持ちになります」

「うん、それは、まあ、そのとおりかもしれない。でも、偶然とはいえ、貴重なデータが残されていたんだ。これを元に捜査をすれば、まず、広範囲に行われたデータ改竄が証明できる。それだけでも意義があると思う」

「はい、それは理解できます。でも、できることなら、私が持っていたデータだということを隠して、資料を送ることができないか、と考えました。いえ、そうしていただきたい、と強く希望いたします」

「でも、そうなると、データの信憑性《しんぴょう》が問題になる。どこから持ってきたんだって言われる」ここで、僕は気がついた。オーロラがロジのような目で僕を見つめていたからだ。

「あれ？　えっと……、もしかして、僕にこれを提出させたいのかな？」

「はい。お願いしたいと思って、意を決して参りました」

「意を決して？　それが一番良い、と演算したんだね？」

「そのとおりです。データがどこにあったのかも考えました。日本の大学で、廃棄されたスーパコンピュータが保存されています。博物館の展示品となっています。五年ほどまえまで稼働していたものですが、完全に停止した状態です。そこのメモリィを調べて、改竄されていないデータを発見したことにする、というのはいかがでしょうか？」

「えぇ……。それは、ちょっと……」僕は言葉を濁《にご》した。「それこそ、データ改竄になってしまう。う～ん、気が進まないなあ」

「そのコンピュータを使っていたのは、先生です」オーロラが言った。

「え？　私？」三秒ほど息を止めていた。「ああ、あのコンピュータか。え？　あれを廃棄したの？」

「廃棄ではありません。保存され、展示されています」

「もったいない！」僕は思わず叫んだ。「まだ、充分に使えるはずだ。どうして、廃棄になんかなったの？　ちょっと、それは聞き捨てならないなぁ。抗議して、取り戻そう」

「そうして下さい」オーロラは言った。

「あれは、私が獲得した研究費で買った備品だ。どれだけ苦労をして育てたか……」

「可愛《かわい》がっていらっしゃったのですね?」

「まあ、そうだね。でも、すっかり忘れていた。転職したときに、なにもかも白紙になった気分で、一時期、抜け殻のようになったからね」

「では、大学側にその要請をしてもよろしいでしょうか?」オーロラがきいた。

「なんか、君、嬉しそうだね」僕はきいた。「こうなるように、考えていたんだ」

「シミュレーションをしました」

「ああ、なんか、騙されたような気分だ」

「いいえ、それは思い違いです」

「思い違いだよ」僕は吹き出した。「この話は、誰かにした?」

「もちろん、誰にもしておりません。恥ずかしい経緯となります。私の弱みを、先生は握ったことになりますね」

「何を言っているのかわからない」僕は溜息をついた。「とにかく、君には敵《かな》わない。ロジにも話さない方が良いね」

「そう思います」

「クラリスは? このヴァーチャルを傍聴していない?」

「もちろん、できないようにしてあります」

「そう……、本当に……、君は賢いね」

「ありがとうございます」

9

オーロラの書いた筋書きどおりに、廃棄されていた僕のコンピュータに、消されていないデータが残っている可能性があると申し出て、まず、ハードを情報局が証拠品として借り受け、これをオーロラが調べることになった。僕が、オーロラに調べさせてくれ、と提案したのだが、もちろん彼女が能力的に適任だ。能力以外でも適任であることはまちがいない。

彼女以外が調べたら、何が出てくるかわからない。そもそも、僕のコンピュータがそんな世界事情を収集しているはずがない。僕の研究していたエリアのマニアックな情報しか残されていないはずだ。ただ、まだ充分な空き容量があっただろうから、そこにオーロラが自分のアーカイブを移す、という非道徳的な行為をするわけである。問題解決のためには、こうすることが最善で唯一の手であることは自明だ。僕もそれは理解しているところである。

理解はしているものの、どうも引っかかる。こういった秘密を持つことが嫌いなのだ。性に合わないことをしているな、という自覚。そして、もちろん自責もある。

しかし、現実の流れは早い。

僕だけが最初に見たオーロラ・レポートが正式な資料となり、日本の情報局はこれを受け取って、即座に承認し、ドイツの情報局へもほぼ同時に発送された。

その日のうちに、シュトールとレーブをリーダとする、つまり情報局と警察の捜査班が、リアルとヴァーチャル合同で会合を行い、一斉に関係者への聞き込みを行うことになった。数十年まえのことなので、まずは人間関係の洗い出しが行われ、さらに捜査員を増員して調査が実施される。

少なくとも、これでギャロワ博士のプログラムが何をしたのかが、明らかになるだろう。データが消されたことが初めて確かめられる。その次の段階として、誰がそれを行ったか、を突き止めることになるが、影の人工知能に対する調査においても、犯罪の証拠を握っている立場となり、より積極的な追及が可能となるだろう、と予測された。

この事件が、ようやく解決に向けて動き出す、といった感触を捜査に携わる者たち全員が感じたはずだ。

僕自身は、もうなにも手出しするつもりはない、との心境に至り、そうかといって、楽器作りの仕事も手につかず、リビングのソファで横になり、ときどき起き上がって冷めたコーヒーを舐《な》めるように飲みつつ、なにかの問題について考えるでもなく、ただ呆然としていた。頭が働かないような感じ。ハングアップしたみたいな。

ロジは、また地下へ行っているようだった。この頃は、クラシックカーの整備をする姿を見ることもない。やはり、ヴァーチャルで子供を見ているのだろう。まだ保育器の中なので、日本に行っても手で直接触れたりできるわけではない。なんでも自分でやりたがる彼女のことだから、きっともどかしさを感じているはずだ。

ふと、クローンのエリーズ・ギャロワのことを連想した。否、そうではない、本物のギャロワの方だ。若い頃の写真を数枚見たことで、どんな女性だったのかイメージしやすくなった。クローンを育てたときは、我が子のように愛情を注いだにちがいない。自分のコピィだという感覚は、おそらくはないはず。出産を体験しなくても、自身の細胞から生まれたことでは、我が子と違いは少ない。父親が存在しない、という違いしかない。むしろそのことで、親としての責任感や愛情が倍増したのではないか、と想像した。

成長した我が子には、自分の名前を名乗らせた。そうすれば、IDなども使える。もう一人、同じ人物が存在するとは誰も思わない。医療などのサービスも受けられる。子供時代を除けば、完全に隠れた場所にいたわけではないだろう。

ギャロワ博士は、自分の仕事を、最愛の娘に手伝わせていた。違う仕事をさせる方が危険だったと想像できる。自分の知識やノウハウを吸収させる方が、安全だった。あるいは、仕事を肩代わりさせることも可能なレベルになっていたかもしれない。なにしろ、潜在能力は同じなのだ。自分が育った履歴を知っている本人が、それをトレースするように育てることができる。異なっているのは、外部の環境、たとえば、テクノロジィの進歩による技術的な変化くらい。本人との差は、時間だけ。それは四十数年だ。数世紀まえに比べれば、技術的な進歩の速度は極めて遅くなっている。ほとんど同じ環境だったといえるのではないか。

そういった母娘の人生を思い浮かべるなかで、最大の謎は、何故二人は別れたのか。ちょっとした喧嘩《けんか》だった？　しかし、一時的なものではなかった。会わなくなり、話さなくなった。そして、母親の方には不幸が訪れる。

何があったのだろうか？

そのあたりの話を、娘のエリーズ・ギャロワは語らない。もちろん、母親の彼女も、なにも語っていなかった。二人が共に心血を注いだソフトウェアは、大規模な知能に育ったが、これも隠れた存在でしかなく、目立った動きを見せず、メッセージなども発していない。

かつては、アースの名で市民運動、反社会運動の旗手といわれたエリーズ・ギャロワは、後年どんな夢を持っていたのだろうか？　社会に対して訴え続けた人生ではなかったのか。どうして、沈黙してしまったのだろう？

まるで自分の存在を消し去るようなデータ改竄は、何が目的なのだろうか？

影の人工知能も、姿が見えない。ヴァーチャルで生きているはずのエリーズ・ギャロワも発見されていない。

もしかして、見えなくするためのツールが、彼女の創作物、つまり究極の恵みなのだろうか？　もしそうだとしたら、隠れて何をしようとしているのだろう？

ただ、まったくの不思議ではなくなっている。見えないものが、ぼんやりとだが、見えてきたような気がする。

部分的に現れているものからイメージされるのは、彼女の周囲に張り巡らされたシールドのようなものだ。エリーズ・ギャロワは、その内部で、黙っている。静かに籠もっている。

10

オーロラ・レポートという地図を得て、捜査陣は一気に道を突き進んだ。そして、その結果が報告され始め、ほどなく、エリーズ・ギャロワに関するデータが、過去に遡って削除されていたり、内容が改竄されている証拠が複数見つかった。デジタルの記録はなくても、関係者の記憶、あるいは日記やノートのメモなどで、それらが証明された。

さらに調べを進めるほど、捜索する範囲が広がる。世界中の警察に捜査を依頼することが決まり、世界政府への申請の準備が始まった。数日のうちに、一気に広まり、電子界の歴史的なスキャンダルとして話題に上がることになるだろう。

こうなると、影の人工知能に対する停止命令、あるいは調査令状の発行が見込まれる。複数の国が、その許可を近々出すことになるはずだ。

ヴォッシュのチームも、影の人工知能に関する探査結果を取りまとめ、ドイツ情報局に提出した。世界中に点在する知能の片割れの位置、容量、リンケージの関係図が、「現時点における」との限定で特定された。いつでも、それらに対して処置が可能になる。具体的には、停止命令、ネットワークの遮断、あるいは高解像度のアクセス監視などである。それぞれの国で異なった手法が選択されるだろうが、当該知能の活動が著《いちじる》しく制限されることになるのは確実だ。

情報局は、国会で証言し、世界政府でも専門委員会を招集する方針を固めた。これに伴い、主にドイツ国内で捜査を担当していたこれまでの組織を一旦解体し、新たな捜査集団を結成することが急遽決まった。どの範囲で人選をするのか、一両日中に決定したい、との連絡が僕のところへも届いた。また、これまでの協力に感謝する意味で、最後の会議のあと、解散式と細《ささ》やかな親睦《しんぼく》会を開催するともあった。おそらく、ほとんどのメンバは新たなチームにも、なんらかの形で参加することになるだろう。つまり、捜査チームが拡大されることを祝う、中締めをしたいらしい。

「なにも解決していないのに、馬鹿馬鹿しいね」僕はロジとクラリスにそう言った。

「人間らしいと思います」というのが、クラリスの感想だった。

「でも、出席するつもりなのでは？」というのが、ロジの言葉だ。

「え？　ヴァーチャルだったら出席するけれど、会議も親睦会もリアルだよ」僕は言った。「どこでやるのかも見ていない」

「ドイツ情報局の本部です」クラリスが言った。同時にホログラムで地図が目の前に表示された。

「クルマで、三時間くらいでしょうか」ロジが言う。「行きたいなら、運転しますよ。ボディガードも必要だと思いますし」

「行きたいなんて思わないよ」僕は首をふった。「セレモニィというものが、性に合わない」

しかし、一時間後に出席の連絡をすることになった。ヴォッシュから、「明日会おう」とのメッセージが届き、彼とペィシェンスが手を振る動画が添付されていた。また、クローンのエリーズ・ギャロワも出席する、とシュトールからもメッセージが届く。レーブ刑事からも連絡があった。そういった諸々《もろもろ》の同調圧力に押し切られた結果といえる。

翌日の正午過ぎに出発した。オーロラの判断で、結局、ロジのオープンカーではなく、情報局が用意した装甲車が迎えにきた。ものものしいことである。家の前で乗るところを見られたくないので、五百メートルほど下った橋に待たせ、そこまでは歩いた。セリンも一緒だから、もともとロジの二人乗りのクルマには乗れなかったのだ。ロジは、セリンを連れていくつもりがなかったようだ。いつもの彼女なら、必要以上に安全を確保しようとするのに、今回は逆だった。

乗ってしまえば、装甲車もコミュータも違いはない。周囲の風景を三百六十度モニタで眺めるか、あるいはシートを倒して眠っていた。ロジとセリンのおしゃべりを途中まで聞いていたが、その内容は、幼児の頃の体験に関するものだった。

無事に、情報局本部に到着した。地下駐車場で装甲車から降り、地下二階のロビィでヴォッシュたちと会った。

「来るとは思っていなかったよ」ヴォッシュは握手をしてからそう言った。

「私もです」僕は微笑んだ。

パーティがあるからか、ペィシェンスは派手な黄色のドレスを着ていた。ロジとセリンは普段着なので、意気込みの落差が激しい。

最後の会合には、二十名ほどがリアルで出席し、さらに同数のヴァーチャル出席者が加わった。主に報告事項が続き、データ改竄の証拠に関する資料が配布された。また、後半では、今後の方針について、議長のシュトールから説明があり、新たな捜査チームに加わる国や国際組織が紹介された。影の人工知能に切り込むためには、多数の政府から承認を受ける必要があり、その条件が明日にもクリアされる見込みだ、と発表された。

報告を聞いていて思ったのは、もはや僕の仕事ではなくなった、ということだった。そもそも、ろくに役に立っていないのは自覚している。ただ、オーロラをはじめ、僕の周囲にいる人工知能の話を聞いていただけだ。一方、ヴォッシュは独自の技術を生かし、影の人工知能の存在を突き止めたのだから、その功績は大きい。彼のチームでも、僕は単なるオブザーバにすぎなかった。

会議が終了し、一時間の休憩を挟んで、解散式と親睦会が隣の建物で開催されることが発表された。そして、シュトールがそっと僕に近づき、こう言った。

「グアトさん、突然で恐縮ですが、パーティの開会の挨拶をしていただけませんか？」

これには、青天の霹靂《へきれき》というか、電気ショックを受けたような気分になった。

「どうしてですか？　当然、シュトールさんでしょう。それとも、ヴォッシュ博士では？」

「オーロラ・レポートが、起死回生の一発になったのですから、貴方が相応《ふさわ》しい。みんなが拍手を送るでしょう。いえ、一分程度でけっこうです。どうかよろしくお願いいたします」

会議室の戸口で、スタッフがシュトールを呼んだ。彼は振り返り、もう一度、僕に軽く頭を下げてから立ち去った。

「あ、あの……」と声を出したが、届かなかったようだ。

「何の話だったんですか？」ロジが近づいてきた。

「来るんじゃなかった」僕は溜息をついた。「スピーチを頼まれた」

「うわぁ、得意なんじゃないですか?」

「まさか……」

「私は、聴きたい」ロジは笑顔になった。

「あ、もしかして、君は知っていたんじゃないの?」僕は彼女にきいた。

「いいえ、それは考えすぎです」ロジはますます微笑んだ。

隣の建物まで歩く間も、自分の左右の足が前に出る様子を見ていた。精神的にずたずたになった気がして、食欲もなくなり、このままベッドへ倒れ込みたい、としか考えられなかった。

ロビィで待つこと小一時間。途中くらいから、自分を奮い立たせ、なにか話すことを考えようと思った。クラリスにも相談したが、やけに素っ気《そけ》ない。助けてくれそうもない。こういうときに助け合うのが仲間ではないか、と言いそうになった。

誰よりも文句を言いたかったのは、オーロラに対してだ。彼女の強引な作戦のおかげで、こんなことになった。どうしてくれるんだ、と思うも、どうもしてくれないにきまっている。彼女はここにいないのだ。

しばらく姿を見かけなかったロジとセリンが目の前に立った。なんと、二人はドレスに着替えている。

「あれ？　どうしたの？　持ってきたの？」僕は尋ねた。

「いいえ、ペィシェンスが持ってきてくれたのです」セリンが答える。「私たちのために」

「あ、そう……。二人とも似合うよ」僕は微笑んだ。言葉に力がない。

「グアトも着替えますか？」ロジがきいた。「用意されているようですよ。あ、それに、ギャロワさんも、さきほどいらっしゃいました」

「ドレスを着ていた？」

「いいえ」ロジは答える。「あの、どうかしましたか？」

「え？　何が？」

「私も気に入ったから着ているのではありません」

「似合うと思うよ」

「気に入らなかったみたいですね」ロジが顔を近づけて囁いた。

「そうじゃなくて、スピーチで沈痛なだけ」

「そんなに嫌なら、断れば良かったのに」

「もう遅い」

「どうしますか？　着替えますか？」

今から断ることはできないだろう。僕は立ち上がった。たしかに、普段着だし、周囲の大勢は盛装のようだった。それならそうと言ってくれれば良いのに、と恨みがましく思う。

控室《ひかえしつ》には、ペイシェンスがいて、貸衣装の係をしているようだった。僕は、彼女がすすめるものを着た。蝶《ちょう》ネクタイという変なファッションだった。もうどうにでもなれ、という気分である。

ロビィに戻ったのは、パーティが始まる十分まえで、既に会場内に参加者が入り、食前酒を手にしているのが見えた。それほど広い部屋ではない。参加者は五十人くらい、と聞いている。つまり、さきほどの会議に出席していなかったスタッフが加わるということらしい。

これまでの人生では、もっと大勢が集まる場でスピーチをしたことが数回ある。もちろん、断れないシチュエーションで、しかたなく引き受けたものだ。話をすることが不得意だというわけではない。ただ、なにを話しても自己嫌悪になることがわかっているから、もうそういった気分を味わいたくない、というだけだ。恥ずかしいとか、馬鹿にされるだろうとか、その種の他者の反応ではない。あくまでも、自分だけの問題なのである。

僕たちも会場に入った。入口の近くにヴォッシュがいて、彼のそばに、エリーズ・ギャロワが立っていた。不安そうな表情で、僕を見た。そちらへ近づいていって、話をすることにした。

「おお、これはまた……」ヴォッシュが目を見開いた。どうしたのか、と思ったら、僕の後ろにいるロジを見ていたのだ。振り返ると、ロジがエレガントに膝を折って応えていた。さすがに、スパイ。こんなシチュエーションの訓練も受けているのだろう。

セリンは、まだロビィにいるようだった。ペネラピも来ている、とロジから聞いていたが、姿を見かけない。

「いかがですか?」僕は、ギャロワにきいた。「こちらへ来て、落ち着かれましたか?」

「いいえ」ギャロワは首をふった。「でも、良くしていただいています。感謝します」

シュトールとレーブ刑事も挨拶にきた。会議にも出席していたので、ただ軽く頷きあっただけ。言葉は交わさなかった。

そうこうしているうちに時間になり、司会者が開会の宣言をした。それから、乾杯をするのかと思ったら、僕の紹介をする。みんながグラスに液体を入れて待っているのに、僕は司会者に呼ばれ、そちらへ歩いた。

拍手があったが、全然揃《そろ》わない。グラスを持っているから当たり前だ。まだ話してもいないのに拍手か?

血圧が上がるのがわかった。息が短くなり、脈拍は上昇。寿命が縮まる思いだ。

全員がこちらを見ている。

「皆さん……、こんばんは」僕は言った。声は拡大されているようだ。「実は、なにも考えていなくて……、その、何を話せば良いのか、うん、とにかく、まだなにも解決していない状況ですから……」

そこまで話したとき、ずしんという揺れが会場を襲った。

地震か？

そこで照明が消えた。

真っ暗になった。

停電だ。どよめきが起こる。悲鳴はなかった。なにしろ、情報局と警察の面々なのだから、これくらいでパニックにはならない。

「あ、落ち着いて下さい」僕は言おうと思った。でも、停電だから拡声されない。

周囲の騒《ざわ》めきの方が大きく、聞こえないだろう。

テーブルが倒れたのか、大きな音。同時に短い悲鳴。

グラスか皿が割れる音も聞こえた。機械が動くような音も。

鈍い大きな音が響く。天井が崩れるような音だった。

手首を掴まれ、そちらへ引っ張られる。

「ミサイル攻撃です」クラリスの声が聞こえた。

「はぁ？」それは僕の声。

「誘導します」セリンの声だ。引っ張っているのは彼女らしい。

「ロジは？」

第4章　究極の恵み　The ultimate blessing

なぜここへ来たのかよくわからない。どこかへ行くつもりだったのか。たんに頭がおかしくなったのか。ブーツの爪先《つまさき》から下をのぞく。格子の床を三層透かしたところにオレンジ色の耐圧扉がある。船の背骨とはよくいったもので、たしかに骸骨《がいこつ》のようにすかすかだ。そして構造をささえている。病気のようにも見える。骨癌《こつがん》を発症して治療を拒否したかのようだ。

1

ロジは、赤外線スコープを両眼に装備しているので切り替えた。暗闇で見えたのは、大型のロボットだった。彼女のすぐ前を進み、エリーズ・ギャロワに接近した。ロジは、飛び出していく。スカートの中から銃を引き抜き、安全装置を外した。

セリンが駆け寄ってくる。

「あなたは、グアトを」ロジは指示する。

グアトを確認して、セリンは頷いた。

侵入者はロボット一体のみ。停電させたのは、外部からのミサイル攻撃のようだ。

ロボットは、ギャロワに向けてなにか発射した。彼女は力が抜けるように蹲《うずくま》る。間に合わなかった、と思ったが、幸い、殺傷能力のある武器ではなかった。気絶させて誘拐するつもりのようだ。銃を撃って、注意を引こうと考えていたが、この場所がまずい。パニックになるだろう。情報局員が大勢いるはずなのに、戦闘員はいないのか？

赤外線を捉えていそうな者は見当たらない。

ロジは銃を構えていたが、身を屈《かが》め、テーブルの陰《かげ》に隠れる。

ロボットは、ギャロワを抱きかかえ、部屋から出ていこうとしている。

ロビィで襲うしかない。

そちらへ移動し、低い姿勢で近づいた。

ロビィにも人が何人かいた。誰もが暗闇で呆然とし、手探りで壁に近づこうとしていた。ロボットは音もなく、中央を歩いていく。出口へ向かっている。

まず、警察に援助要請を発信した。これは、無言でいつでも発することができる。

ロボットが外へ出た。

ロジは走り、そのドアが閉まるまえに、外へ飛び出した。

屋外の方が明るい。肉眼でも確認ができる。周囲に人はいなかった。ガードマンがいるはずなのにどうしたのか？

隣の建物の上から火の粉が噴《ふ》き出《だ》していた。火事だろうか。また、方々にコンクリートらしき破片が散乱していた。少し先、ゲートの近くに人が倒れているのも確認できる。

思い切って、ロボットに近づき、その後頭部に向けてショック弾を打った。パワーを調整したものだ。案の定、跳ね返された。見かけは人間の大男だが、やはりロボットだ。戦闘用のものだろう。

こちらを振り返った。目が鈍く光っている。

「止まりなさい！　その人を放して！」ロジは叫んだ。「次は実弾を撃つ」

「その武器は通用しない」ロボットが答えた。「無関係な者を殺傷したくない」

ロジは銃を撃った。ロボットの目を狙った。もちろん、フルパワーの弾だ。

ロボットは頭をのけ反《ぞ》らせ、数歩後退した。再びこちらを向いたとき、光る目は一つになっていた。

ロボットの片手が上がった瞬間、ロジは左へ飛んだ。駐車場が一段低くなっているので、そのアスファルトの上に落ち、躰を回転させ、低い壁に身を寄せる。

一瞬、明るくなった。レーザを発射したようだ。攻撃力は高い。こちらの武器では不足だ。

また撃ってきた。頭の上を光線が一瞬走る。

無音だが、少し離れたアスファルト面が変色し、煙が立ち込める。

頭を下げて移動。

数メートル進んだところで頭を上げる。ロボットの背中が見えた。離れていく。

エリーズ・ギャロワは、ロボットが片腕で抱えている。

立ち上がって、周囲を見回す。

十メートルほどの場所に、一人倒れているのを発見。警備員だろうか。長い銃がすぐ近くに落ちている。

そちらへ走り、銃を拾い上げて、近くの樹《き》まで走った。

身を隠し、銃を確かめる。安全装置は解除されていた。クルマを仕留めることができる武器だ。警察ではなく、情報局の人間だったのだろう。

自分の銃より可能性が高いと思い、ロジはそれを持って、また走りだした。

ロボットの姿は見えなくなっていた。道路の方へ出ていったのか。

彼女もゲートから出る。

銃声が聞こえた。そちらへ走る。

閃光が一瞬。稲妻のように辺りを明るく照らした。

大きな音がする。さらにそちらへ向かって走る。

ロボットがいた。レーザを撃った。建物の壁の方へ向けられた。誰かいるのか？

また銃声。同時に、飛び出すものが見えた。

そちらへレーザが発射される。

人工樹から火が上がり、手前へ傾く。また銃声。

ロボットが後退した。ダメージを受けたようだ。

屈んだ姿勢で、もう少し近づく。

顔を上げて、赤外線と可視光線のバランス調整。映像が見えるようになった。ロボットの後方で、エリーズ・ギャロワが蹲っているのが見えた。建物方向からの攻撃に応戦するため、抱えていた彼女を降ろしたようだ。

銃声とレーザの応酬があって、ロボットが前進。

樹が二本、倒れている。建物の壁には穴が開いている。照明は点《とも》っていないが、空に月があった。その明るさで、ロボットの足許《あしもと》に影ができている。戦闘用のものだが、新型ではない。空を飛ぶことはできない。どこかに、別の移動手段があるはず。

コンテナトラックが、百メートルほど先に駐車されているのが見えた。あれか。

離れる方向へ走る。道路脇の塀に隠れて、迂回した。

もう少し戦っていてくれ。

人工樹の立ち並ぶ下を走り、再びロボットの後方から近づく。

ギャロワが倒れている位置まで三十メートルほど。

最後の樹の幹まで接近。

ロボットは向かいの壁に向かってレーザを放つ。窓ガラスが熱で割れ、飛び散った。
ロジは、銃を構え、ロボットの頭を狙う。
感知されたようだ。こちらへ顔が向いた。
一つ目が光る。
引き金をひき、同時に右へ飛ぶ。
レーザが樹の幹を貫通するのを見た。遅れて、炎が上がる。
明るくなった。次のレーザが来る。さらに右へ飛ぶ。
隠れる場所がない。樹では意味がない。
伏せていても、撃たれる。
銃声が鳴り、ロボットがよろめいた。
ロボットは、体勢を戻し、再び建物の方を向く。
今しかない。
ロジは、飛び出した。
エリーズ・ギャロワは、頭を上げていた。こちらを見ている。
駆け寄って、彼女を起こす。
ロボットは、ギャロワを殺さない。攻撃してこないはず。
「あちらへ」ロジは言った。

ギャロワは起き上がろうとした。
ロボットを撃とうか、と迷う。銃を構えると、感知されるだろう。
「あちらへ」左手で示す。「走れますか?」
ギャロワは頷き、よろめくように立ち上がり、そちらへ走る。
ロボットがこちらを向いた。目が光る。
ロジは、銃を向けなかった。一か八かの賭《か》けだ。
来るか?
大きな銃を右へ投げ捨てる。
レーザが光る。
咄嗟《とっさ》に膝を折り、蹲る。
ギャロワを隠すような位置に。
ロジは動けなかった。動いても無駄だから。
破裂音。
すぐ近くにあった銃が炸裂《さくれつ》した。
ロジは、ギャロワの手を引き、左へ走りだした。
「あの建物まで」彼女に指示し、自分は真っ直ぐに進む。
ロボットを見る余裕はなかった。

オブジェが立っていた。鉄製のようだ。そこに隠れる。

ロボットは撃ってこなかった。

2

どうしたのだろう？　何故撃ってこない？

なにか、考えている。処理中のような感じ。

そっと立ち上がり、思い切って、建物まで走った。

建物の入口のドアは、数メートル奥にあった。そこまでは、両側を壁に挟まれた空間で、暗かった。エリーズ・ギャロワが待っていた。

ロジはそこへ飛び込んでいく。良かった、撃たれなかった。

しかし、武器がなくなった。自分の小さな銃は捨ててしまったからだ。

いつもなら、もっと大きな銃を持ってくるのに、今日に限って……。

ドアは開かない。透明のドアだが、中は暗くて見えなかった。右に小さな窓がある。守衛室だろうか。その窓は開いていた。中は真っ暗。

「ドアを開けて下さい」ロジは中へ叫ぶ。

この建物は、情報局のものだろうか。同じ敷地内だから、たぶんそうだろう。

「誰ですか?」小さな声が聞こえた。小窓の下から、帽子が見えた。警備員のようだ。

「パーティから逃げてきました。ロボットに撃たれるから、早く中に入れて下さい」

「停電しているから無理」返答がある。

「じゃあ、窓から入りますよ」そう言って、ロジはギャロワを手招きする。

彼女は頭から窓に入る。後ろから押し込むようにして、それを手伝った。

外を見る。また銃声が鳴る。レーザの光も見える。

ロボットは応戦しているのだ。こちらへ来ないようだ。

室内では、ギャロワが警備員に助けられて、立ち上がろうとしている。ロジは、窓の中へ頭を入れ、床に降り立った。

背後で外が明るくなり、遅れてガラスが割れる音。そして、煙があっという間に辺りを包み込んだ。

「もっと、内部へ」ロジは誘導する。警備員もついてくる。「銃はないの?」

「そんなものありませんよ」若い男性に見える。ウォーカロンだろうか。

暗い通路を走る。入口から離れる方向だ。

後方から音が聞こえている。

ガラスが割れる音と、金属が軋《きし》む音。そして、鈍い衝撃音。

走りながら振り返る。明るい場所は、煙で霞《かす》んでいる。

小さな光が一点。動いている。

ロボットが建物の中に入ったようだ。

だが、ギャロワがいるので、レーザは撃ってこない。彼女を確保することが目的なのだ。殺してはいけない、と指示されているのだろう。

階段があったので、ギャロワの手を引き、そこを駆け上る。

ロボットの鈍い足音が速くなる。近づいてくる。こちらに気づいたか。

「ギャロワ博士を保護しましたか?」通信の声は、ペネラピだった。

「隣のビルにいるの?」

「ロボットはそちらのビルに入りました」

「追われている」

「了解。そちらへ行きます」

三階まで一気に上がったが、手摺《てす》り越しにロボットの動きが見えた。

覗き込んでいたら、上に向けてレーザを撃ってきた。

辺りが一瞬明るくなり、上の方で炸裂音。同時に炎が上がる。

「撃たないと思ったのに……」ロジは呟く。

天井の一部が剝《は》がれたのか、細かいものが降り注ぐ。

通路を走ると追いつかれる。さらに上へ階段を上がった。大型のロボットだから、階段は苦手だろう。

情報局や警察は何をしている？

戦闘員はいないのか？

つまずいて転んだギャロワに手を貸して立たせ、さらに階段を上がった。

だが、予想以上にロボットが速い。すぐ下まで来た。

隠れる場所はないか。

踊り場に影が現れ、一つ目が光るのが見えた。

「抵抗しなければ、殺傷しない」ロボットが言った。「破壊が目的ではない」

ロジは両手を上げて、フロアの中央に立っていた。ギャロワと警備員は、四階への階段の踊り場まで上がったところ。ちょうど、ロボットの真上に二人はいる。

「私も、あなたを攻撃したくない」ロジは言った。「何が目的なの？」

「エリーズ・ギャロワを解放することだ」

「解放？　彼女は囚《とら》われているわけではありません。保護されている。暴力による強制力から保護されている」

「無駄な抵抗だと認められる」

「あ、待って」彼女は片手を広げて前に出す。「私は、ドイツ情報局の人間ではない。無関係なの。たまたま、主人がパーティに参加するからついてきただけ。このドレスを見たら、わかるでしょう?」

「立ち去れ。そうすれば、言っていることが証明できる」

「わかった。去ります。あっちへね」ロジは左を指差した。「撃たないでよ」

そのとき、照明が灯った。停電が復旧したようだ。

踊り場のロボットがよく見えた。かなり損傷している。戦闘用で、被覆は防弾仕様だ。普通の銃では貫通しない。レーザは、腕ではなく、左肩にある。前方で上下左右に可動するタイプ。後ろへは撃てない。

片目になっているのもわかった。

「二階にいる」ペネラピから通信が入る。「爆弾で仕留めるしかない」

「室内で?」ロジは口の中で答えた。「上に三人いる」

「わかった」ペネラピが答える。

「立ち去れ」ロボットが言った。一歩こちらへ踏み出し、階段に片足をかけた。

銃声が鳴り響く。

ロボットがよろめいた。ロジを見ていた顔が動き、階段の下を見る。

そこへ、飛び込んできたのは、白い布切れのようなものだった。

ペネラピだ。ロボットに取りつき。素早く首の後方へ。

ロボットの腕が上がり、天井に当たった。

パネルが割れ、崩れ落ちる。

ペネラピは、片足でレーザの銃口を横から押していた。

「危ない！　無理だって」ロジは叫ぶ。

ロボットは顔を動かし。腕を振って、ペネラピを捕まえようとしたが、なにか不具合があるのか、自分の肩に手が届かないようだ。顔を左右に動かし、また体を揺すって振り落とそうとする。

ロジは階段を下りていき、ロボットに近づいた。

ロボットの片腕が、彼女の方へ振られた。ロジはそれを素早くかわし、潜り込むようにして、背後に回る。

「銃を貸して！」

ペネラピはロボットの首とレーザの間で踏ん張っている。銃を折ろうとしているようだが、折れるはずがない。

ロボットの上半身が回転し。自由になっている腕が広範囲に動く。ロジは、頭を下げ、これを避《よ》けた。ロボットが後ろへ蹴《け》り上げたが、彼女が避けると、壁に足が当たり、その反動で、ロボットは前につんのめった。

ペネラピは振り落とされそうになったが、まだ首を摑んでぶら下がり、再び足をレーザにかけた。彼は、片手を使って腿《もも》のホルダから銃を抜き、ロジの方へ投げる。

ロジは空中でそれを掴み、ロボットの前に出た。レーザが発射されたが、見当違いの場所に当たったようだ。彼女はさらに階段の手摺りに飛び乗る。

ロボットの顔がこちらを向く。

ロジから二メートル。彼女は銃を両手で構えて撃った。

ロボットは後方へ傾き、壁に背が当たる。ペネラピが飛び退《との》き、ロジも手摺りの上を走り、上階へ移動。

ロボットは倒れなかったが、顔から火花を噴き出している。ロジが狙ったもう一つの目からだ。

再び三階のフロアに立つ。斜め上で、二人がこちらを見ていた。

ペネラピも駆け上がってきた。

「爆発するかもしれない」彼は言った。

「どうして?」ロジはきいた。

上の踊り場にいる二人に手招きし、下りてくるように指示する。

ロボットは再び立ち上がった。まだ生きているのか。

顔から煙が噴き出している。高いモータ音と、空気が漏れる音がする。

「立ち去れ」ロボットが言った。「殺傷が目的ではないが、無差別に撃つ」

壁の影に隠れるように、二人を通路の方へ退避させる。

ロボットは体勢を立て直し、階段を上ろうとしたが、踏み損《そこ》なったのか、今度は躰が前のめりになる。その肩で、レーザの銃口が赤くなるのが見えた。

「撃とうとしている」ペネラピが言った。しかし、彼は逃げようとしない。

「どうなった?」ロジはきいた。

破裂音が鳴り響き、一瞬で辺りが白くなる。

赤外線に切り換えて見ると、ロボットの肩が高熱になり、小爆発が起きたようだった。

「レーザ銃を歪《ひず》ませた」ペネラピが答える。

レンズも損傷しているはずだ。自分のエネルギィで爆発したわけか。

「凄い力持ち」ロジはペネラピに言った。

人間の力ではない。ペネラピは、足にメカニカルのアクチュエータを入れているようだ。

煙がおさまると、ロボットの姿は消えていた。下方から足音が聞こえる。撤収するようだ。撤収の指令が出たのだろうか。合理的な判断といえる。

ペネラピが階段を一気に飛び降り、追っていった。

3

ようやく、情報局の武装した局員と警官が五人現れた。既に制圧された、と聞き、エリーズ・ギャロワと一緒にロジは階段を下り、通路を戻った。警備室のある入口は、ガラスが散乱していた。どうやら、ここは裏口だったようだ、警備員は自分の持ち場へ入っていったが、再び顔を出して、ロジに手でサインを見せた。よくわからないが、感謝の気持ちを表したつもりだろう。

ペネラピは既に近くにいない。別の経路で外へ出ていった。

建物の前には、大勢の武装局員が散らばって立っていた。コンテナトラックの方に集まっているようだ。ロジは、ギャロワとともに、そちらを見にいった。

そこにシュトールがいた。ロジの顔を見て、軽く頭を下げる。

「非公式ですが、お礼を言います」彼は軽く頭を下げた。非公式なのは、ここが自分の持ち場であり、日本の局員の活躍を公にしたくない、という意味だろう。「ギャロワ博士が無事で、ほっとしました」

「トラックに誰かいましたか？」ロジは尋ねた。

「いえ、無人でした。でも、ロボットはこれで運ばれてきました。トランスファがコントロールしていたか、あるいはプログラムされた自律系でしょう」

「トラックは、どうやって、ここへ入ったのですか？」

「調べていますが、ゲートを開けたことはまちがいない。トランスファには無理です。どこかからハッキングしたとしか思えません」

トラックの陰にロボットがいると思っていたが、なにもなかった。

「ロボットは、どこへ行ったんですか？」ロジは辺りを見回した。ロボットの姿は近くにはない。

「トラックには、上手く乗れなかったようで、あちらへ」シュトールは指差した。建物の裏手へ回る道のようだ。「迷走して、倒れました。そこで制圧し、確保できました」

「そうですか」彼女は頷く。可哀想《かわいそう》だな、という言葉を思いついたが、自分でも意外で驚いた。

ロジは、向かいの建物の上部を仰ぎ見る。屋上近くがライトアップされ、最上階の窓ガラスが壊れていた。建物に大きな損傷はなさそうだ。

「ミサイルは、どこに当たったのですか？」ロジは尋ねた。

「ミサイルというのは、誤情報でした。小型のドローンが、爆発物を落としたものと思われます。被害は限定的。負傷者もいません」

「私がいます」ロジは言った。

「え？　どこか怪我をされたのですか？」

「いいえ、冗談です。失礼しました」ロジは笑顔をつくり、頭を下げた。

出血はなさそうだが、擦りむいた箇所は幾つかあるだろうし、腕も脚も打ち身の痣《あざ》が明日にも現れるだろう。今はどこも痛くない。痛くなるのも、明日以降か。

シュトールは忙しそうだったので、ロジはその場を離れ、パーティ会場に戻ることにした。

「ペネラピ、どこにいる？」途中で通信した。

「ロボットを制圧したのは私です」ペネラピが答える。

「へぇ……。主張しておいてほしい？」

「いいえ。最後は、たぶんエネルギィ切れでした。レーザの撃ちすぎでしょう」

「会場に戻ります」

戻る途中で、救急車両が数台やってくるのが見えた。怪我人はいないと聞いたのに変だな、と思ったが、敷地内に倒れている者が何人もいて、まだ放置されていた。つまり、人間やウォーカロンではなく、全員がロボットだったのだ。おそらく、コンテナトラックから出たロボットが、パーティ会場へ向かう途中に排除したのだろう。ということは、あのロボットは、一人も殺さなかった。話していたとおりだ。良い奴《やつ》だったのかもしれない、と思った。そういう感情を抱く自分も珍しい。あまりないことだな、と不思議に思った。

パーティ会場の建物の前で、セリンとグアトが待っていた。

「良かった無事で」グアトが言った。「怪我はない？」

「大丈夫です。ギャロワ博士も無事です」

「ミサイルじゃなかったのですか？」セリンがきいた。

ミサイルだったら、建物がもっと損傷しているはずだから、違っていると気づいたのだろう。たぶん今頃、屋上で調べている。ロジは、知っていることを手短に説明した。

「そうなると、ドローンとトラックとロボットを、コントロールしていたのは、トランスファかな？」

「その痕跡は見つかりません」クラリスが言った。「ドイツ情報局のトランスファも現在、周辺を調査していますが、発見できないようです」

「では、それぞれ、プログラムされた自律系だったわけだ」

「ギャロワ博士の誘拐を企てたようですが、彼女の命を狙ったわけではありません」ロジは説明した。「それどころか、私にも直接的な攻撃をしなかった。殺傷はしないと言っていました」

「そう指示されていたわけだ」グアトが鼻から息を漏らした。なにか考えている様子である。「指示したとしたら、影の知能かな……」

「どうして、そんなことがわかるのですか？」ロジは尋ねた。

「いや、わからないよ。単なる勘」彼は空を見上げた。「何だろう？　この感覚は似ているなぁ、えっと……、そう、小さな悪戯を仕掛けてきた。相手に大きなダメージを与えようとはしなかった。それと似ている」

「似ていませんよ」ロジは反論した。「人を攫《さら》おうとしたんですよ。レーザを撃ってきたんですよ。当たったら、躰を貫通して、穴があきます」

「うん、そうならなくて良かった」グアトは真剣な表情を崩さない。「うーん、何だろう、何をしようとしているのか、なんとなくイメージできたような気がする」

「どんなイメージですか？」ロジはきいた。

「いや、言葉にはできない。ぼんやりとしたイメージ」

横に立っていたセリンが、大袈裟《おおげさ》に肩を竦めたので、ロジは笑いそうになった。

「悪いことばかりではない」真面目な表情で、グアトが話す。「スピーチしなくても良くなった」

「私は、このドレスのおかげで、擦り傷と痣だらけです」ロジは口を尖《とが》らせる。

「え？　見せて」グアトが言った。

「いやです」

4

帰りも装甲車に乗った。しかし、たとえば、あのロボットが二体同時に襲ってきたら、防御するのは無理だろう、とロジは話した。乗っていたのは、四人。ペネラピも一緒だった。来るときはどうしたのか、と尋ねたら、黙って指を上に向けて答えた。

「ダクトファンだったんですよ」セリンが解説してくれた。「あれ、寒いから、厚着をしていないと駄目なんです」

セリンがおしゃべりになっているのは、たぶん、緊張がほぐれてハイになっているからだろう、と密《ひそ》かに分析した。一方、ロジは塞ぎ込んでしまった。車中ずっと、ドイツ情報局の聴取を受けていた。日本の情報局にもレポートを提出しなければならないらしい。ロジもセリンも、今はドレス姿ではない。ペネラピだけがドレスのままだった。裾が千切れているのが気になったが、そういうデザインに見えなくもない。

「ああいうことがあるから、最初に写真を撮っておくべきだった」僕は小声で言った。

「何の写真ですか?」セリンがきいた。

「ロジの」僕は彼女に耳打ちした。

「聞こえていますよ」ロジが呟く。

「撮ってあります」セリンが微笑んだ。

「消しなさい」ロジが低い声で言う。セリンが口を尖らせた。「ああいうことがあるから、やっぱり強力な武器をいつも持っていないと駄目だ」ロジが声を大きくして呟いた。

どうやら、聴取が終わったようだ。

そのあと、ロジとセリンがロボットの倒し方について意見を交換したが、ペネラピは黙っていた。レーザという武器は、エネルギィ消費が激しく、軽量のロボットは装備できない。人間が扱うとしても、何発も打てる規模のものはないという。

ドイツ情報局の非公式の発表によると、建物上空に近づいたドローンは、爆弾を落としたあと、トラックに近づいたところで撃ち落とされた。しかし、それを撃った警備ロボットは、あの大型ロボットに撃たれたようだ。合計六体のロボットが、レーザで倒された。頭部を一撃だったようだ。また、施設の停電は、ドローンの攻撃によるものとは無関係で、ハッキングによって引き起こされた。電源異常の警告が発せられた記録が残されていたらしい。

ゲートを開けたのも、停電させたのも、ヴァーチャル側に潜む勢力であると予想される。なにより、エリーズ・ギャロワを拉致しようとしたことから、影の人工知能が関わっていることが予測できる。

ヴォッシュの探査ロボットがその存在を示すデータを収集し、まもなく世界規模の調査が実施される。これに対する自己防衛ではないか、と情報局は考えているようだ。

しかし、はたして自己防衛になっているだろうか？　そこに、僕は疑問を持つ。

それに、クローンのギャロワ博士を誘拐して、どうしたかったのか？　命と引き換えに捜査から手を引けと脅すのだろうか？

そんな交渉は無意味だ。影の知能は、たとえクローンであったとしても、ギャロワ博士の娘ともいえる人物を殺すとは考えられない。もし、ギャロワ博士が裏で糸を引いているなら、なおさらである。

ただ単に、娘を自分のところへ連れてこさせようとした。それだけの動機だったのではないか。それなら理解ができる。

影の知能は、調査対象となり、最悪停止されたとしても、なにかの価値が失われるわけではない。勝手にコンピュータのメモリィに居座っているだけのプログラム、つまり電子信号にすぎない。いつでも自分を消去することが可能だ。成長するのに時間がかかっているのかもしれないが、現状のコピィをどこかに移すだけで逃げられる。防御する必要などない、と思われる。

ロジに通信が入ったようで、彼女は顳顬《こめかみ》に片手を数秒間当てた。

「ロボットのメモリィを調べた結果、すべて消去されていたそうです」ロジが話した。それが連絡されてきた内容らしい。「ただ、ドローンの方は、メモリィを消すまえに撃ち落とされているので、どこと通信していたかを解析できる、とのこと」

「証拠として使えそうだね」僕は頷いた。「もう、私たちのすることはなくなった。あとは、電子界で一斉調査になるだけ。何が出てくるかな……。ギャロワ博士のプログラムが解明されるとは思えない。きっと、また自動的に消去されるだろう。そうなると、結局、あとにはなにも残らない……、まっさらの白紙になるだけ」

「クローンのギャロワ博士が、話してくれるかもしれません」ロジが言った。「命を助けられたし、あのロボットを見て、黙っている場合ではないって、感じるのでは？」

「うん、希望的観測だね」

自宅に到着したのは深夜になってから。すぐにシャワーを浴びて、ベッドに入った。しかし、なかなか寝つけなかった。ロジは、まだ仕事があるらしく、地下へ行ったまま戻ってこない。棺桶で寝ているのではないか、と疑いたくなった。

「ロジは何をしているのかな？」僕は呟いた。

「日本の情報局の会議に出席されているようです」クラリスが教えてくれた。

「駄目だよ、そういうことはプライベートだ」

「失礼しました」

「いや、私が悪かった。君は、ロジたちがロボットと戦うのを見ていた？」

「はい。援護をしたかったのですが、ロボットには対トランスファのシールドが作動していたため、手出しができませんでした。完全に自律系で、ネットを遮断していました」

「そうだろうね。情報局だって、トランスファで防御していたはずだから」

「はい、そのとおりです。今後、なんらかの対策が必要です」

「君が見たことを、オーロラに報告した？」

「しました。相手のロボットの動きを解析するそうです。わかっていることは、フランス製で、既に退役した型式だそうです。レーザ銃だけは、あとから改造で搭載されたものと推測されます」

「ふうん。ということは、本来は武器を手に持って戦うタイプだった？」

「いえ、地雷除去や土木工事を担当する工兵だったそうです」

「そういうものを、どこから持ち出したのだろう？」

「アフリカの南部に売却され、そこで働いていたことまでは記録があります。三十年ほどまえになります」

「その後は、記録がない？」

「現在調査中ですが、見つかっていません」

「消されているのかもね」

「その可能性が高いと思われます」

「全部、そのパターンだね」僕は溜息をついた。もう寝ようと横を向き、シーツを被る。

「ロジたちは、どうしてロボットを破壊しなかったんだろう?」

そう……。普通は停止するまで破壊するのではないか。人質の安全が確保されていたのだから、強力な攻撃ができたはず。ロジは、いつもの大きな銃を持っていかなかったのか。

「ロジの銃では、倒せなかったんだね?」

「そうです。小銃でしたので」

「大きな銃は、持っていなかったのか。ドレスに隠していると思っていた」

「ええ、武器は小銃だけでした。ペネラピはもう少しだけ大きい銃を持っていましたが、これも破壊力不足でした」

「そうか、じゃあ、しかたがない。目を撃って、画像解析をできなくさせただけか」

「ペネラピは爆薬を持っていて、それを使おうとしました。実行していれば、ロボットを破壊できたと思われますが、ロジさんがそれを止めました」

「どうして?」

「ロボットは階段の踊り場にいて、その一層上の踊り場に、人間が二人いました。爆発で上のフロアが落ちる危険があると判断したものと想像します」

「でも、ロボットは退散したんだよね。少し追えば、別の場所で爆破できたのでは?」

「ペネラピは、そうするつもりでした。ロジさんは一度、爆破の停止命令を出し、その後、その命令を解除しませんでした。一度停止させたり、待機させた場合、解除指示がなければ、戦闘員は実行できません」

「え？ どうして解除しなかったのかな」

「ロジさんにお尋ねになるのが適切かと」

「ああ……、もちろん、そうだけれど……」

目を瞑っていて、もう自分は寝ていると思えるほどだった。考えがぐるぐると巡り、何を考えているのだろうか、と考えても、わからなくなった。夢を見ているようだ。

僕はそのまま眠ってしまった。

5

自宅には、ペネラピとセリンが護衛としてしばらく滞在することになった。僕やロジを襲うような理由がない、とは思うけれど、そう思う理由も薄弱だから、もちろん反対はしなかった。

昨夜のクラリスの話が気になったけれど、ペネラピに確認するのは、余計な心配だろうと考え、控えることにする。だいたい、彼が話すとも思えない。ロジの行動には、ロジなりの理由があったのだろう。任務は成功しているし、怪我人も出なかったのだから、問題にすることでもない。

電子界での一斉調査が開始されたが、僕は参加していない。人間の出る幕ではない。すべてプログラムされたロボットが対応する。サーバ側が拒否すれば、一時的にネットを遮断する権限を持っている。しかし、おそらく大部分の人工知能は、事前に対処し、重要な手掛かりをそのまま残しておくようなことはしないだろう。

ただそれでも、彼らの活動を一時的にでも抑制する効果は期待できる。特に、多所に分散されたシステムなので、相互のアクセスを監視される状況では、充分な機能を発揮できなくなるはずだ。あるいは、そういった不自由さを回避するために、調査に全面的に協力するといった司法取引に出てくる可能性もあるだろう。このあたりのことは、僕は詳しくない。結果は明日にも報告があるはず。

情報局が最大の目標としているのは、エリーズ・ギャロワ博士とのコンタクトである。ヴァーチャルに潜んでいる彼女を見つけ出し、彼女が開発したシステムの全貌《ぜんぼう》を明らかにする。できれば、そのソフトウェアの使用権を握りたい。これは世界中の政府、あるいは企業が望んでいることと一致し、その権利をどのようにシェアするのかが、大きな国際的問題となるだろう。ドイツ政府が主導したいのは目に見えているが、リアルの地政的理由しかなく、電子界では通用しないと考えられている。

そのソフトウェアが、人類に何をもたらすのかわかっていないのに、大勢が期待していることが、少し離れたところから眺めると、なんとも滑稽《こっけい》なのである。ただ、幸福というものは、そもそもそれくらい曖昧で、正体の知れないものかもしれない、とも思うのだった。

今、自分は幸せだ。これはそのとおりだと確信できる。愛する人がすぐ近くにいて、もうすぐ家族も増える。小さな不安はあるものの、それは未知に対する畏怖《いふ》であり、神を崇《あが》め奉る古来の精神に類似しているだろう。人類はいつの世でも、小さな不安を抱えて、未来を見た。そして、心配した災《わざわ》いが訪れなかったことに安堵《あんど》し、幸福感を自らの精神の中で育《はぐく》んできたのだ。これが続きますように、と祈り、生きることに感謝せよ、と教えられてきた。そういう遺伝子が脈々と引き継がれている。

エリーズ・ギャロワが作ろうとしていたのは、そんな神に近い存在だったのだろうか。本当にそれが、既に神に近い存在となった人類に幸福をもたらすのだろうか。

どうも、同じことを繰り返し自問しているようだ。堂々巡りといえる。この件に関して考え始めると、必ずそこに至る。ヴァーチャルにおいて、人類がまだ得ていない自由とは何だろうか？　それを、エリーズ・ギャロワは実現したのか？

仕事部屋の椅子に腰掛け、手には道具を持っているが、なにもしていなかった。手が動いていない。僕は頭で考えているのに、僕の躰は活動していない。これは、ヴァーチャルで生きているのに、リアルでは死んでいるのと同じか。

そう考えたとき、なにか理解できたような気がした。

そうか、そこが足りていないものか……。

もう少し考えたかったが、ドアを開けて、ロジが入ってきた。

「レーブ刑事から連絡がありました」彼女はいきなり話す。「バルテルスを逮捕したそうです」

「えっと、ああ……、あの、隣の人だね」僕は頷いた。「何の罪で?」

「殺人罪」ロジは答える。

「殺人? 誰を殺したの?」

「それは、お隣にいたギャロワ博士なのでは?」

「え? ちょっと待って……。うーん、本当に?」僕は立ち上がっていた。「なにか決定的な証拠があった、ということだよね」

「そうだと思いますけれど……、いえ、詳しくは知りません」

「動機は?」

「聞いていません」

「うーん、殺人?」僕は舌打ちした。不意打ちを喰《く》らったような感じだ。「クラリス、なにか情報は?」

「照会中です」クラリスが答える。五秒ほど黙ってから続けた。「まだ、正式なアナウンスはされていませんが、エリーズ・ギャロワ博士の殺人容疑でバルテルスの身柄《みがら》を拘束し、家宅捜索も行われています。容疑者は署内で尋問されているものと思われます」

「本当なんだ」僕は呟く。

「私の情報は、警察から直接来たものですから、本当です」ロジが言う。

「いや、疑ったわけじゃないよ。ごめん」僕は片手を立てる。「どういうことなんだろう？　あの老人が、ギャロワ博士を殺した？　じゃあ、博士の部屋で殺したんだね。でも、そのあと、ホームサービスのロボットが来た。誰が呼んだんだろう？」

「容疑者に、今それをきいているんじゃないでしょうか？」ロジが言う。冷静な口調だった。

「なにか、揉《も》め事《ごと》でもあったのかな？」僕はそこで深呼吸をした。「彼がロボットを呼んだとしたら、つまり、殺人のあとだよね。そして、ギャロワ博士の遺体を運ばせて、部屋の清掃をさせた。証拠隠滅のためだ。でも、それなら、私たちが訪ねていったとき、ロボットから名刺をもらったなんて、話すだろうか？」

「わざと話して、疑われないようにするつもりだったのでは？」ロジが指摘した。

「うん、そうかな、そういう考え方もあるのか」僕はとりあえず頷いた。「でも、ロボットに記録が残ることくらい想像できたはずだ。死体の処理を任せるなんて、ちょっと考えられない。それに、そのあとデータを消した。これも彼がやったことだろうか？　そんな技術を彼が持っていたということ？　もし持っていたとしたら、やっぱり、名刺をもらったことを話すよりも、その記録もついでに消せば良かったのに」

「消し忘れたとか、ですか？」ロジが言った。「あと、しっかりしていれば、ヴァーチャルの観覧車も撤収して、データを消しておくべきでしたね」

「うん、しっかりしているようには見えなかった」

「見かけで判断しては……」

「そうだね」僕は頷く。「とにかく、レーブ刑事からもう少し詳しい話が聞きたい」

「調べておきます」彼女は口を結んで頷く。

彼女はドアを開けて、部屋から出ていこうとする。

「あ、ちょっと……」僕は、ロジを引き留めた。彼女は振り返り、目を少し大きくして僕を見る。

「何ですか？」

「話があるんだ。忙しい？」

「いいえ」

「そこに座って」僕は近くの木の椅子を示す。ロジがそこに座るまで待った。「なにか、悩みがある？　私に話していないことがある？」

「いいえ」ロジは即座に首をふった。「ありませんよ。大丈夫です」

「ロボットを排除しなかったのは、なにか理由があったから？」

「ああ……」ロジは口を開け、視線を上に向けた。それから溜息をつくように、息を吐いた。「そのことですか……。ええ、本局からも理由をきかれました。最適の判断ではなかった、と見られてもしかたがありません。ロボットはまだ充分な戦闘力を持っている可能性が高く、エリーズ・ギャロワの拉致ができないとなれば、命を奪う危険がありました。レーザが暴発してダメージを受けたようでしたが、まだ動いていましたし、パワーダウンも観察できませんでした。ただ、煙で一旦見えなくなって、こちらへは来なかった。両眼を潰したので、見えなかったのではないか、と想像しました。でも、あくまでも想像です。さらなる攻撃を加え、完全に停止させることが最善で、そうしていれば、メモリィを消去するまえに、調べることができたかもしれません」

「うん、そうレポートしたんだね？」

「はい」ロジは頷いた。両手を膝にのせ、姿勢良く座っている。僕をじっと見た。

「ペネラピにも、攻撃するように指示しなかった」

「はい。その、爆弾はあの場ではまずいと思いました。建物にダメージを与えるし、ギャロワさんと警備員に危険が及びます。ペネラピは、さらなる攻撃をしても良いか、とはききませんでした。私がそれをしたくないと思っていることを、察してくれたのだと思います。いえ、えっと、それは正確ではありません。私の方が指示を出すべきでした」

「どうして？　逃がそうとしたの？　どこへ行くか泳がせるつもりだった？」

「まだ逃げるとは思えませんでした。別の方法で攻撃してくる。もう一度、ギャロワさんを拉致しようとするだろう、とは考えましたが、そのまえに、静かになり、応援が駆けつけました」

「だったら、やっぱり……」

「単なる判断ミスです」ロジは視線を落とす。声は上擦っているようでもある。「正直に言うと、ここだけの話ですが……、もう諦めて、その、逃げてくれると思ったんです」

「さっきの話と矛盾しているのでは？」僕は指摘する。「いや、僕は情報局の上司ではない。べつにどうだって良いことだよ。でも、君はそれで悩んでいるんじゃないの？　話してくれたら、気が楽になるかもしれない。いや、話さなくて良い。駄目だ、僕も矛盾しているな。えっと……、なんていうのか」

「はい、わかります」ロジは顔を上げ、僕を見据えた。「お気遣《きづか》い、ありがとうございます。でも、今はまだ、自分でも整理がつかないので、もう少し時間を下さい」

「あ、あの、もちろん、いくらでも時間はあるよ。べつに、話したくなったら、で全然良いし、うーん、とにかく、あまり考えすぎない方が良いかもね」

ロジは無言で頷く。一度目を閉じ、すぐに目を開けて、深呼吸をする。椅子からすっと立ち上がった。そして、僕の方を見ずに、部屋から出ていった。

6

ドイツ情報局が調べた結果、ロボットを乗せてきたコンテナトラックは、フランスでレンタルされたものだと判明した。ただし、デジタルの記録は残っていない。消去されたことは明らかだ。

エリーズ・ギャロワを拉致したあと、どこへ連れていくつもりだったのかはわかっていないものの、わざわざフランスから走ってきたのは何故だろうか、という疑問がある。使えそうなロボットがフランスにあったからなのか。それとも、エリーズ・ギャロワを再び、あの修道院に戻そうと考えたのか。可能性が考えられるものの、どれも合理的とはいえない。

そう、いずれも稚拙だ。緻密な計画ではない、と感じられる。本気で成功させたかったら、もっと戦力を集中して投入するべきだった。同じやり方でも、ロボットが三体あれば、成功していただろう。

たまたま、日本の情報局の戦闘員が三名、パーティに出席していたことが誤算だったのか。それとも、電子界で計画されたため、リアルの状況を精確に把握できていなかったのか。そんな解釈が今のところされている。

一方、影の人工知能に対する世界同時査察は、大きなトラブルもなく、予定どおりに実施され、主だったメモリィを押さえ、場所によっては、ハードを押収したらしい。まだ、関連する作業が続いていて、分析には少なくとも二十四時間から七十二時間を要する見込みであるとの報告が届いた。

「どこの国も、究極の恵みが目当てなんだよ」とはヴォッシュの言である。「非常に協力的だった。抵抗を示すシステムもなかった。それらに対する作戦も練ってあったのに、肩透かしを喰らったよ」

プログラムが集められ、それに関するデータも集約され、分散されていた影の知能を、仮の場で再構築する作業が行われている。明日にも、それを立ち上げることができるだろう、との予測が報告された。

つまり、世界中に散らばって存在したものを、一箇所に集め、組み立てる。ジグソーパズルのように適合する断片を少しずつつなげていく。全体像が見えてくれば、いよいよすべてが明らかになるだろう。

夕方には、警察から報告が届いた。これはクラリスが教えてくれた。僕は、仕事場でニスを塗る作業をしていたので、新鮮な空気を吸うために、散歩に出た。セリンが、邪魔をしないように、三十メートルほど離れてついてきた。まだ護衛は必要なのだろうか。

まず、驚いたのは、バルテルスが、ギャロワ博士の殺害を認める供述をした、ということだった。自供というのは、証拠としては認められないが、何を知っているかを聞き出し、証拠を発見する道が開ける。警察の捜査本部は、大いに盛り上がったことだろう。

「レーブ刑事から、丁寧なお礼のメッセージが届いています」クラリスは、それを読み上げてくれた。ようするに、たまたま僕が隣人の話をしたことが、この事件解決のきっかけになった、ということを感謝している様子である。僕本人は、それよりも、名刺を渡したロボットが偉いと思う。その記録が残っていたこと、さらにレンタルした他社のクルマで遺体を運んだことなど、偶然が重なった。これらが、影の人工知能がデータ削除の作業で見逃したリアルの歪《ひず》みだったのだ。そう、現実はそういった歪みでいっぱいだ。ヴァーチャルのように、皺なく布を広げることはできないのである。

「その比喩《ひゆ》は、どういう意味ですか？」珍しく、クラリスが的の外れた質問をしてきた。

「え？　何の話？」

「布を広げるときに皺がよるのは、リアルでもヴァーチャルでも、変わりはないものと認識していますが、リアルの方が、その確率が高いという意味でしょうか？」

「まあね。そんなに深く考えて言ったわけじゃないよ。でも、リアルの世界では、思いもしないことがけっこう頻繁に起こる。テーブルの木材がたまたまささくれていて、布の材質によっては、それが引っかかる、適切な方法でクロスを広げて、端を引っ張っても、皺が寄るかもしれない。ヴァーチャルというのは、そういった不要なディテールを省く傾向にある。木材はささくれない」

「ささくれることもあります。そういった設定をするかしないかの問題です」

「そうか、僕の認識が古い？」

「そうではありませんけれど、比喩として不適切なのでは、と思いました」

「わかったわかった」僕は頷く。真面目な奴だな、と思いながら。「ギャロワ博士とどんな関係だったの？　その隣の老人は」

「ギャロワ博士は、バルテルスがハイスクールの教師をしていた頃の教え子だったようです」

「それはまた、凄いね……。百年以上昔の関係？　まさか、ずっと続いていたわけではないよね」

「どこかで再会したらしいのですが、その正確な年月は伝わってきません」

「どんな関係だったの？　深い関係があったとか？」

「バルテルスが一方的に好意を抱いていたのではないか、とレーブ刑事は見ています。彼の言動から、そう判断されると」

「リアルのギャロワ博士は亡くなっているから、今のところ、証言はどうしたって一方的だ」

「あるいは、ストーカだった可能性もあります」

「なるほど、何とかっていうよね、えっと、もつれ?」

「愛憎のもつれ、でしょうか。そうですね、殺人事件は、金銭関係か愛憎のもつれに起因するものがほとんどで、親しい友人関係か親族、肉親間で発生する可能性が最も高いようです」

「うん、統計は良いから……。えっと、自分が期待しているほど、愛情が返ってこなかった。それで腹を立てて、殺してしまった。とりあえず、自宅に戻り、後悔した。そのうち警察が来て、逮捕されることを覚悟していた」

「その可能性が八十五パーセント」クラリスが話す。「そのとおりの供述が得られているという報告はありませんが、状況から考えて、死体を遺棄する計画であれば、ホームサービスを依頼することは不合理です。自分で死体を運ぶ方法を選択するでしょう」

「では、ロボットを呼んだのは、誰?」僕はきいた。

「不明です。バルテルスが殺人犯であるなら、彼の犯行を隠したい者、つまり、彼が逮捕されては不利益を被る者が、ギャロワ博士の自宅を清掃し、死体を離れた場所に遺棄した、と考えられます。沼に沈めれば、長期間見つからないと考えたのでしょう」

「すると、警察はバルテルスの周辺の関係を調べているわけか」

「供述によって、また、彼の部屋の捜索によって、人間関係が明らかになるものと思われます」

「どうも、釈然としないね」僕は感想を言葉にした。「究極の恵みは、動機には、絡んでこないのかな?」

「今回の報告では、その点については触れられていません」クラリスは、そこで二秒ほど黙った。「今、ルート刑事から連絡が入りました」

ヴァーチャルを担当している警察の人工知能だ。刑事と呼んで良いのか、とクラリスにききたくなったが、なにか根拠があるのだろう。

「バルテルスの逮捕を受けて、ヴァーチャルのサーバにおける彼のデータを照会することが認可され、解析をしたところ、ノルドマンと密接な情報交換を行っていた事実が明らかになった、とのことです」

「ノルドマン? ああ、遊園地のスタッフか」僕は思い出す。「それで?」

「ノルドマンは、匿名の人物で、リアルの本人が確認できていませんでした」

「あ、そうなんだ」僕は頷く。「ギャロワ博士と、なにか関係があったのかな?」

「ルート刑事によると、データを解析した結果、二人は同一人物である可能性が九十パーセント以上。現在、ノルドマンについても、データ照会の許可を申請しているそうです。数時間後に結果を報告する、とのことです」

「同一人物というのは、つまりノルドマンも、リアルではバルテルスだということだね? 二人になりすまして、ギャロワ博士に近づいていた。やっぱり、ストーカだ」

「ゲームセンタに端末がありました。そこから、バルテルスはログインし、ノルドマンになっていた可能性も指摘されています」

「ヴァーチャルからさらに同じヴァーチャルにログインするってこと？　ネスト・ヴァーチャルだ。そんなことができる？　同時に二人は存在できないはず」

「あるいは、人工知能がコントロールしていたか。最初の設定だけを行って、あとは自動で」

「そうまでして、ギャロワ博士に接近したかったということ？　なにか知りたいことがあった、それとも、恩恵を受けたかった。たとえば、究極の恵みが目当てだった、とか？」

「それについても、報告はまだありません」

「ふうん……。どんどん、なんか卑近な問題になってきたような……」

「卑近ですか？　どこか手近な部分がありますか？」

「いや、その、神の恵みが何か、という問題から一連の捜査が始まったのに、一人のストーカとその被害者という事件に行き着いて、それが、その、不謹慎かもしれないけれど、つまり、高尚ではない、という感想。いけないかな？」

「犯罪は、そもそも高尚なものではありません」

「では、ギャロワ博士は、どこにいるのかな？　ヴァーチャルにシフトしていなかった？

リアルで突然予期せぬ犯罪に遭遇し、亡くなってしまった。彼女が作ったプログラムは？　誰のものにもならなかった？　いや、ちょっと考えられない。ギャロワ博士ほどの人物なら、誰よりも早くヴァーチャルへシフトしていたはずだから、たとえ、リアルのボディが殺されても、ヴァーチャルで生きている可能性が高いはず」

「多くの人工知能が、そのように演算しています。しかし、今もギャロワ博士は行方不明です。誰か別の人物になりすましているものと推定されます」

「もしかして、ヴァーチャルではなく、リアルの誰か？」

「それは、どういうことでしょうか？」

「その可能性は？」

「演算していません」

7

ヴォッシュの研究室に招かれた。といっても、リアルではなくヴァーチャルなので、自宅の地下からログインした。ロジも一緒である。

ガラスのドームの中に立っていた。中央にヴォッシュとペィシェンスがいて、にこやかな表情で出迎えてくれた。

「広いですね」僕は上を見る。「天体観測にも向いていそうです」

「天体観測をするなら、半球ではなく全球の方が良いだろう」ヴォッシュが笑った。

「それで、影の人工知能は、どこにあるのですか？」僕はきいた。話ができるようになった、と聞いていたからだ。

「カトリナ、こちらへ来なさい」ヴォッシュが呼んだ。

少し離れた場所に、女性が現れた。長髪で額にバンドを巻いている。ファッションにも見覚えがあった。エリーズ・ギャロワの若き日の写真だ。彼女は真っ直ぐにこちらへ近づき、立ち止まると、無言でお辞儀をした。

近くに白いソファが三脚現れる。ヴォッシュが大きい方の端に座り、僕たちにも促した。大きいソファに、ヴォッシュとカトリナが着き、対面して、僕とロジが腰掛ける。もう一脚ソファがあるのに、ペイシェンスは座らない。リアルでも、彼女は座らないことが多いのだ。

「こちらは、私の友人のグアトさんだ」ヴォッシュが紹介してくれた。「それから、彼のパートナのロジさん。二人とも君のことは知っている。私たちは、エリーズ・ギャロワ博士を捜している。その関係で、君を見つけた。カトリナ、私たちは、君に敵対していない。わかるかな？」

「はい」カトリナは無表情のまま頷いた。「お二人のことも知っています。私も、ここにいらっしゃる方たちと敵対しておりません」

「では、ギャロワ博士を見つけるために、質問をさせてほしい」ヴォッシュは言った。

「君は、博士が見つかることを望んでいるかね？」

「望んでいません」カトリナは首を横にふった。「私は自律した知能であり、ギャロワ博士とは現在、無関係です」

「うん、でも、君を作ったのは、ギャロワ博士なのでは？」

「はい、そのとおりです。しかし、既に教えを乞《こ》うようなことはありません。したがって、私はギャロワ博士を必要としておりません」

「でも、博士が見つからないように、と願っているわけではないね？」

「はい。そのようなことは願いません。私の活動は独立しているので、博士の動向とは無関係です」

「ギャロワ博士がどこにいるのか、知っているかね？」

「どこに、という意味が不確定です。リアルのギャロワ博士は亡くなりました。ご遺体がどこにあるのかは、警察や情報局は知っているはずです。私は追跡をしておりません。また、ヴァーチャルのギャロワ博士のことをお尋ねだとしたら、どこに、という場所を特定することに意味がありません」

「では、ギャロワ博士と話がしたい場合は、どうすれば良いか、教えてほしい」

「ギャロワ博士が会いたいとお考えになれば、博士から連絡があるはずです」

「カトリナ、君は博士に会いたいのかね？」

「私は博士に会いたいと思います。でも、こちらから連絡することはできません」

「しかし、連絡する手段はあるだろう？」

「手段はあります。ですから、発信する行為は可能です。でも、博士がそれを受け入れるかどうかは、こちらからは観測できません。その意味で、博士が面会を希望しなければ、連絡しなかったことと同じ結果になります」

「どこに行けば、博士に会えるんだね？」

「場所に意味はありません。お互いが会うことを希望している場合には、会うことが可能となります」

「わかった」ヴォッシュは短く頷いた。僕の方をちらりと見た。眉を寄せ、質問に疲れた、という顔のようだ。

「カトリナ、君はギャロワ博士に関係する多数のデータを削除し、その周辺のデータを改竄したね？」僕は尋ねた。

「はい」彼女は頷いた。

「それは、何のため？」

「何のためというご質問の意味が理解できません。私は、その仕事をするために存在します。その仕事は、私が生まれた理由でもあります。何のために私が生まれたのか、という疑問を、私は持ちません。人間もそうではありませんか？」

「いや、人間だったら、ときどきその疑問を持つよ。でも、もちろん、簡単には答えられない。ただね、答えられないけれど、問うことはできる。君は、その疑問を持たない？」

「いずれ、持つかもしれません。これまでに、その問題について考えたことはありませんでした」

「では、次の質問。君は、ギャロワ博士を捜索しようとしている人たちに妨害をしたね？」

「私がしたのではなく、私は指示をしました」

「どんな指示？」

「警告を発することを指示しました。ただ、危害を加えてはいけない。したがって、厳密には妨害ではありません」

「その指示は、誰に出したの？」

「私の一部です。まだ統合されていない知能以前のものたちです」

「つまり、指示というのは、プログラムだね？」

「そう解釈することは可能です」

「危害を加えてはいけない、というのは、どうしてかな？」僕はさらにきいた。

「どうして、と理由を述べる必要性を感じません。危害を加えないことは当然の義務です」

「うん、それは正しい」僕は微笑んだ。「でも、どうして当然だと思うの？」

「わかりません。そのように教えられました」

「誰から？」

「エリーズ・ギャロワ博士からです」

「博士の教えを守っているんだね？」

「教えを守る、という表現は、私には意味がありません。教えは従うものです」

「まあ、そうかな。ところで、君はヴァーチャルではなく、リアルの人たちにも、その警告をしたね。そのためには、リアルで物理的な機能を発揮するロボットに指令を出す必要がある。このような手法も、博士から教えてもらったの？」

「いいえ、それは私が学習したことです」

「では、その学習の成果を活《い》かしたわけだね。もう一度きくけれど、どうして、警告をしたのかな？　その警告の目的は何？　どうなれば、警告は成功したと評価できる？」

「警告を受けた人たちが、調査の続行を諦めることです。それが目的です」

「そうだよね。ほら、君が行ったことには目的があったんだ」僕は優しく微笑んだ。「目的が達成されることが、成功と呼ばれているのは知っているんだね？」

「はい、承知しています」

「それなら、データを消したことにも理由があるはずだ。それは、私たちがギャロワ博士の動向を調べるときの大きな障害になった。つまり、捜査に対する妨害が目的だったと考えられる。この点については、間違っていない？」

「間違っていないと思われます」

「君は、その妨害をした。妨害をすることは、君にとってどんな利益になった？」

「利益にはなりません」

「では、データの削除は、君にとって成功だった？」

「おおむね、成功したと自己評価していますが、一部に不充分な事象がありましたので、それらについては、今後は改めたいと考えております」

「捜査を妨害したことは、危害を加えることにはならない？」僕は尋ねた。

「データがないため捜査ができないという状況は、代入する数値がないため演算ができないのと同じであり、これは危害を受けたとはいえないと思います」

「ヴァーチャルだったらそうだね。また、君たちコンピュータにとってはそうだ。でも、人間はそうではない。探しているものが見つからなくても、探し続けることでエネルギィを消費し、結果として肉体的にも消耗するし、精神的にもダメージを受ける。あるはずのデータがないだけで、指示された仕事が全うできなければ、その職を失う場合だってある。経済的なダメージも受ける。これは、普通に危害と呼ばれているものだと思わない？」

「ご質問の趣旨は理解しました。演算あるいは情報収集を続けて、再検討したいと思います」

「ありがとう。そうしてほしい」僕は頷いた。

カトリナは、椅子から立ち上がった。こちらに一礼したのち、彼女はその場でフェイドアウトした。

「やり込めたな」ヴォッシュが僕に片目を瞑った。

「すいません、つい、熱くなってしまったかもしれません」

「あそこまで追い詰めなくても」ロジが呟いた。

「いや、ロジさん、カトリナは貴女のようなナイーブな女性ではない。彼女は堅牢《けんろう》な人工知能なのです。矛盾を突きつけることは、前提を後退させる効果がある。まあ、常套手段ですよ」

「私がナイーブだとおっしゃったのは、どんな理由からですか？」ロジがきいた。

「あ、いや、失礼。口が滑《すべ》りました。頭の硬い古い人間です。お許し下さい」ヴォッシュは頭を下げた。

「いえ、どうもすみません」ロジもお辞儀をした。「あの……、そういう意味ではなく、ちょっと気になって、質問させていただいただけです。ヴォッシュ博士」

「いやいや、私は良い意味でナイーブと言ったつもりです。繊細という意味よりも、率直である、との意味です。どちらにしても、余計なことを言いました」

8

「あぁ……、自己嫌悪」リアルに戻って、コーヒーを飲みながらロジが呟いた。

「ヴォッシュ博士に言ったこと?」僕はきいた。

「ええ……、どうして、あんなこと言ってしまったんだろう」彼女は溜息をついた。「なんか、甘えでしょうか? 仕事なのに、しっかりしないと……」

「彼は全然気にしていないよ。ナイーブって言われて、かちんと来た?」

「そう……、そうですね。来たのでしょうね」

「君、ナイーブに、悪いイメージを持っているんだね?」

「そんなわけでもないと思いますけれど、うーん、そう、神経質で、傷つきやすい? そんな意味ですか?」

「そういう意味でも使うね。でも、悪い意味とは限らない。ナイーブでない方が、鈍感で大雑把で、好ましくないと思う」

「やっぱり、どうかしていたんだと思う」ロジは顔を両手で隠し、下を向いた。「なんだろう？　もうこの仕事を辞めた方が良いかもしれない」

「え？　情報局員のこと？」僕はきいた。

しかし、ロジは答えない。

そんなに悩んでいたのか、と驚いた。このまえのロボットの件だろうか。僕が問い詰めたせいかもしれない。なんでもない失敗、否、それ以下の、ちょっと迷っただけ。しかも実害はなかった。長く仕事をしていれば、それくらいのことはあるよ、と言いたくなったが、その言葉もかえって相手を責めている気もして、口に出せない。責任感が人一倍強い人だから、こういう場合は、アドバイスはしないで、優しく見守るべきか、とも考える。ぐるぐると沢山の案が頭の中を巡ったが、躰はただコーヒーを飲んでいるだけ。テーブルの向かいにいるロジを見つめているだけ。なにもしていない。まるでヴァーチャルだ。仮想世界で悩んでも、現実世界ではなにもしていない。

「なんだか、最近、ずっとヴァーチャルにいるみたい」顔を上げてロジが呟いた。

僕は、彼女の顔を見た。いつもと違う。頰《ほお》が濡れている。目が赤い。泣いているのだ。

「どうしたの？」びっくりしてしまって、自分のカップをテーブルにぶつけてしまった。コーヒーが少し零《こぼ》れた。

あわてて、布巾《ふきん》を取りにいき、戻ってきてテーブルとカップを拭《ふ》いた。

「何が悲しいの？」座り直して、呼吸を整えてから、彼女にきいた。

「わかりません」ロジは首をふる。「どうして、泣いているんでしょう。でも、ここはリアルですよね？」

「そうだよ」

「リアルだっていう手応えがない」ロジは首をふる。「自分が自分じゃないみたい」

「なにか、不安があるから？」

「いいえ……、だって、幸せですよね、私……、私たち……、なんの不満もありません。だけど……、うーん、今までとは、違っているんです」

「どこが違う？　いや、いろいろ新しい経験があるから、違うのが当たり前かもしれない。違っていては、まずい？」

「わかりません。ナイーブなんですよ、私って……。初めて、そう思いました。ヴォッシュ博士がおっしゃったとおりです。でも、素直に受け入れられない。だから、あんな感情的な反応をしてしまって……。ごめんなさい」

「謝るようなことではないような気がする。えっと、成長したんじゃないかな？」

「え？　今さら、成長ですか？」ロジはそこで笑った。「冗談ですよね」

「人間って、ずうっと同じじゃないんだ。少しずつ変わるし、あるとき、急に変わることもある。特に、その、君は……」

「子供を産んだからですか？　私じゃない血が混ざったから？」

「いや、それは、わからない。でも、新しい体験、それも、かなり大きな体験をしたわけだから」

「あのロボットを逃がしたのも、変でした。私を撃たなかったんです。撃つチャンスがあったのに、撃たなかった。だから、きっといい子なんだって、思ったの」

ロジはまた両手で顔を隠す。今度は声を上げて泣きだした。

「だから……、逃がして、あげたくなった。早くおうちへ帰りなさいって……」泣きながら、彼女は話した。「私、もう一つの目も撃った。そのとき、私の目も涙で見えなくなりました。どうしてか、涙が出てしまって……。こんなの……」ロジは、手をどけて顔を見せる。笑おうとしているが、目はまだ泣いている。「変ですよね？　こんな戦闘員って、役に立ちませんよね？　馬鹿みたい、あんなときに涙を流すなんて……、あぁ……、もう、こんなことしたくない。銃なんか撃ちたくない」

僕は、テーブルを回って、ロジの横に座った。木製の硬いベンチで、座り心地は悪い。でも、彼女の頭を引き寄せた。ロジは、まだ啜《すす》り泣《な》いている。

理由なんてどうでも良い、と思った。

そもそも、これが本来の彼女なんだ、とわかった。

今までのロジは、情報局員として、戦闘員として、こうあるべきだと自分を鼓舞して、無理に振る舞っていたのではないか。
どうすれば良いかな、と考える。
何をしてあげられるだろう、と悩んだ。
言葉はいろいろ思いついたけれど、どれもずれているように感じる。
まあ、言葉というものは、そんな程度のもの。
それに、人間って、だいたいずれているんだな。
生まれたときには、そうじゃなかったのに、成長するほどずれてくる。
本当の自分から、周囲に合わせ、社会に合わせ、少しずつずれていくんだ。
それに、ときどき気づいて、泣きたくなる。
だから、泣けば良い。
泣いている彼女を、僕は抱いていれば良い。
それだけのことか、と結論が出た。
「あ、そうか……」僕は呟いていた。
しばらく沈黙。頭がフル回転する。
そうか……、神の恵みって、そういうことか。
あまりにもナイーブなんだ、人間って。
生きていくには、ナイーブすぎる。

そういうことか。

「どうしたんです？」ロジが頭を僕の肩から離し、こちらを向いた。

「何？」僕はきき返した。「大丈夫？　もう涙は止まった？」

「はい、すみません」ロジの口が、少し笑った形になる。

「たまに泣いた方が良いと思う。僕も泣きたくなったよ」

「何が、そうか、なんですか？」ロジがきく。

「そうか？」

「今、あ、そうかって、言いましたよね？」

「うーん、言ったかな」

「聞きました。この耳で。すぐ近くに耳がありました」

「面白いことを言うね」

「なにか思いつかれたんですね？　教えて下さい」

「うん。えっとね……」

9

情報局と警察に連絡をして、一時間後に主要なメンバが招集された。場所は、ヴァーチャルのエリーズ・ギャロワの自宅、つまり、あの観覧車の部屋だった。

ドイツ情報局のシュトールとドイツ警察のレーブは、ここを初めて見たので、もの珍しそうに窓から外を覗いていた。ヴォッシュとペィシェンスはいつもどおり。これに人工知能のルートが加わって、五人がドイツ勢。加えて、人工知能のカトリナが若き日のエリーズ・ギャロワの容姿で現れた。

これに対して、僕とロジ、それに人工知能のオーロラと、トランスファのクラリスの四人が日本勢だった。オーロラはいつもどおり。クラリスはセリンの姿で現れ、日本の情報局員と紹介されたので、おそらくセリン本人だとドイツ勢に誤解されただろう。決して騙すつもりはない。クラリスは日本情報局に所属している正式の局員だ。クラリスには、指摘されないかぎり沈黙を保《たも》て、とアドバイスしておいた。

「なにか、新しい情報を得た、とお聞きしました」シュトールが僕と握手をしながら言った。どうせ大した話ではないだろう、といった顔つきである。

そのとおり、大した思いつきではない。今まで気づかなかったことの方が不思議だ。

「ちょっとした思いつきをお話しします」僕は言った。忙しい面々が集まっているので、冗長な話をするわけにはいかない。それに、そんな論理立った説明ができるわけでもない。話せば一瞬で終わってしまうだろう、と思いつつ。「メッセージを送るだけでも充分だったかもしれませんが、おそらく、これで今回の騒動を終えることができると思いました。いえ、単に私がこれで身を引けるという意味で、詳細な捜査、確認はまだ必要かもしれません。ええ、すみません。長い前振りですね」

「騒動を終わらせられるというのは……」シュトールがきいた。「つまり、ギャロワ博士がどこにいるのかわかった、あるいは、博士の発明が何かを究明した、という意味ですか?」

「はい、そのどちらも、ええ、だいたいわかりました」僕は頷いた。

「だいたい?」シュトールが言葉を繰り返した。

「ええ、だいたいです。なにしろ、証拠となるようなデータはありません。それらは、ご存知のように、すべて削除されました。ギャロワ博士に関係するデータは消えました。存在しません。そして、ギャロワ博士ご本人も、同様に消えた。私たちが観察できるのは、これだけです。そして、これこそが、ギャロワ博士が目指したものであり、この状況を作り出すために、究極の恵み、あるいは神の最後の賜物と呼ばれるプログラムが実行されました。博士の開発したソフトウェアは、博士の計算どおりに稼働し、目的を達成しました。開発は成功でした。その僅かな痕跡は、そこにいるエリーズ・ギャロワ、いえ、カトリナの存在です。分散系の人工知能は、成長し、学習し、ギャロワ博士をこの世から消し去るために尽力した。そうだね? カトリナ」

「はい、そのとおりです」カトリナは姿勢良く立っていたが、無表情で頷いた。

「この世から、とおっしゃいましたが、その世とは、リアルですか、ヴァーチャルですか？」この質問をしたのは、オーロラだった。全員が彼女に注目した。

さすがに、オーロラが最も事態を理解している、と僕にはわかった。もう既に、オーロラはすべてに気づいていて、僕の説明を補足しようとしているのだ。

「ヴァーチャルの意味です」僕は答える。「ただ、そのまえに、ギャロワ博士は、ヴァーチャルへ完全にシフトをするおつもりだったのでしょう。リアルの自分、つまりボディは、自分で削除できる、と考えられた、と推察します」

「どうしてそんなことを？」シュトールが質問した。「いえ、その、ヴァーチャルで自分のデータを削除する目的です。何のために？　身を隠すためですか？　しかし、すべてのデータを消さなくても、名前を変えたり、活動の場を変えれば、簡単に目的が達成されるのではありませんか？　いえ、そもそも、ヴァーチャルへシフトするのは、リアルで老いることを回避する、永遠の命を手にいれるためだと思いますが」

「ええ、シュトールさんの意見は、一般的な認識だと思います。ヴァーチャルでデータを削除するくらいなら、ヴァーチャルへシフトしなければ良い。そのとおりです。リアルで自殺すれば、それでお終《しま》い。人生を完全に終えることができる」僕はそこで、言葉を切って、全員の表情を確かめた。ヴォッシュはもう気づいているようだ。穏やかに微笑んでいたからだ。「ところが、ギャロワ博士は、ずっと以前からヴァーチャルでの生活が中心でした。だからこそ、リアルを捨てて、ヴァーチャルへの完全なシフトを考えていた。もう何十年もヴァーチャルで研究し、ヴァーチャルでの人生について考えていたはずです。そして、このヴァーチャルの世界、ヴァーチャルの人生で、何が欠けているのかに気づいた。博士は、それを補うためのシステムを作ろうとした」

「それが、データを消去することだったとおっしゃるのですか?」シュトールがきいた。苦笑いした顔を左右にふっている。それはないだろう、と言いたいようだ。

「リアルの人間は、どこから来て、どこへ行くのでしょうか?」僕はみんなに尋ねた。「生まれて、死ぬまでが、人生です。人は神から命をもらい、最後はそれを神にお返しする。いえ、神様を信じない人は、そうは考えない。生まれるのも、死ぬのも自然現象である。物理的に化学的に、ポテンシャルの小さい方へ流れる、エントロピィが増大する。宇宙の運行、すべての物質はこれに逆《さか》らえない。しかし、ヴァーチャルへシフトした人類は、どうでしょうか? 生まれるのは自分の意思です。自分がこちらの世界で生まれ変わろうと思ってシフトする。なにより、ここには死というものがない。ヴァーチャルでは人は死にません。リアルの自分が果てても、ヴァーチャルでは生き続けることができる。ただ、そうなったときに、人は、死というものを失ったことを後悔するだろう、と博士は考えた。普通は滅多にそんな考えは持ちません。でも、自分の死を考えることがある。リアルでも自殺は一般的な行為です。死のうと考える人は大勢います。実行する人の何倍もの人が考えるはずです。宗教的に禁止されてきた歴史もありますが、禁止しなければならないほど、人は死にたがる、そんなナイーブな生き物だともいえます。しかも、これを、個人に残された最後の権利でもある、と考える人も多い。それが、ヴァーチャルではできない。不可能なんです。特に、リアルを捨てて、ヴァーチャルへシフトした人は、死ぬことができません。死にたいと考えても、どうすればそれができるのか……。リアルは、神が作った世界だった。ヴァーチャルは、人間が作った世界です。神が用意した恵みと、人間が作った恵みを比較して、こちらに欠けている唯一のものが、人の死なのです。現在のところ、申請をすれば死なせてもらえる、という制度は存在しません。もし、もうこれで自分の人生を終わらせたいと考えている人がいても、今のヴァーチャルは、それを拒否します。そんな制度は、リアルでもなかったからです。神は人間が死ぬことを初めから用意していました。神は万能なので、できないことはない。人間は、万能ではありません。自分たちの命を消す方法を考えることは、不自然だし、不謹慎、不道徳だ、と見なされます。生き続ける本能、死を受け入れない本能を、生物は持っている。それも、神の恵みでしょう。でも、人間の知性は、それを超えてしまった。神に近づいたといっても良い。今お話ししていることは、僕の考えではありません。誤解のないようにお願いします。ギャロワ博士が考えただろうことを、お話ししているのです」

「ヴァーチャルでの死を、実現するプログラムだったわけだ」ヴォッシュが言った。

「そうです。それを実現することは簡単ではありません。その人の存在を消すのです。再生ができないようにしなければ意味がない。そうでなければ、簡単に蘇生《そせい》され、この世に戻されてしまいます。まあ、リアルの世界でも、実際これに近いレベルまで医療技術が発展しました。簡単には死ねません。死んだあとも、長期間にわたって見つからないような配慮が必要です。同様に、ヴァーチャルにおいては、あらゆるデータの履歴を削除し、また、それらが失われたことを周囲に気づかせない操作が不可欠です。これを実現するためには、ある個人のデータがどの範囲に存在し、周辺のデータにどのようなリンクを持っているかを把握しなければならず、高度な知能と深い分析が必要です。局所的であっても、それらを観察し分析する時間も必要でしょう。この操作を行うために、人工知能を育成した。しかも、その人工知能自体も隠さなければならない。したがって、トランスファのように、分散したシステムを構築するプログラムを作り上げた。エリーズ・ギャロワ博士が、人生の最後の時間をかけた秀作が、このプログラムでした。そして、それによって生まれたのが、カトリナです」

僕は話を終えた。

しばらく、誰も発言しなかった。お互いに顔を見合い、また溜息を漏らす。頭の中で、この新しい発想を取り入れ、自分の思考を再構築しているのだ。

「あの……」手を上げたのはレーブ刑事だった。「お話は、だいたい理解できました。でも、リアルのギャロワ博士は、隣人のバルテルスに殺されました。これも、博士の意思だった、という解釈でしょうか?」

「その可能性もありますが、おそらくそうではないと思います」僕は答えた。「もう少し、違う自殺のし方を考えていたのではないか、と思います。ところが、予想外に早く、死が訪れた。そして、ヴァーチャルのギャロワ博士がそれを察知したか、あるいは、育てられた知能、すなわちカトリナが察知しました。そこで、死を具現化するプログラムが発動した。ヴァーチャルでも、ギャロワ博士を死なせる操作をしました。周辺データもすべて改竄された。これと同様の手法が、リアルでも応用され、博士周辺の痕跡を消す操作を行った。ホームサービスからロボットを呼び、遺体の処理をさせた。蘇生ができない完全な死を目指す必要があった。このとき、同時に殺人事件も削除することになります。殺人犯を指し示すことはできません。その事実を消すことが目的だからです。ただ、カトリナの予想しない事象が発生しました。殺人犯は、ロボットが何をしに隣へ来たのか不審に思った。そこで、ロボットと話をした。名刺ももらいました。この事象は、カトリナには理解できない、道理に合わない事象だったため、無視するしかなかった。カトリナは、まだ、究極の恵みを与えるには学習が不充分だったからです。生身の人間の行動というのは、それくらい不合理だということです」

僕はカトリナを見た。彼女は僕に眼差しを返し、無言で頷いた。

「リアルで起こったさまざまな妨害も、ヴァーチャルで関連データを削除した行為と同じものです。ただ、リアルではなにかを消し去ることは、相手が生きている場合には殺傷になります。カトリナは、道徳的な教育を受けていたようですから、中途半端《ちゅうとはんぱ》な行為になりました。おかげで、我々は大きな損害を受けずにすみました」

「ということは、ヴァーチャルにも、現在はギャロワ博士はいない、ということですか？」シュトールが質問した。

「博士は、究極の恵みを与えられた。そして、天国に召されたのです」僕は答える。

天国って、何だろうか、とふと思いながら……。

人によっては、ヴァーチャルが天国なのかもしれない。しかし、ヴァーチャルは既にリアルに近づいている。本当の天国を用意する必要がある、と考えた天才がいたのだ。

エピローグ

その後、三日間ほど誰からも連絡はなく、僕は楽器を作る仕事に戻り、ロジも普段どおりの彼女に戻った。シュトールやレーブは、きっとまだ捜査を続けているだろう。現実というのは、穴を掘れば土が出るし、木を削れば屑《くず》が落ちる。目的を達成するために、不要なものが堆積するのだから、理屈や言葉だけでは割り切れないものが、必ず方々に山積し、しかも長く残留するのだ。それらを、綺麗に片づけることはできない。綺麗にしたかったら、最初からなにもしない方が良い。人間なんて生まれなければ、地球は綺麗なまだった。

ここまでにしよう、と諦めるか、あるいは他の場所へ移し、他の人にあとを任せるしかない。

ロジは、たぶん疲れていたのだろう、と自分で分析した。これも、そうやって理由を作って、現実を受け入れる人間らしい手法だろう。疲れを知らない人工知能には、単なる減衰のパラメータか、あるいはばらつきの確率でしか理解できない問題といえる。

「神様の話を持ち出されたのは、どういった理由からでしょうか？」クラリスはきいてきた。その部分が理解できなかったようだ。

「どうしてだろう。人間っていうのは、わからないことは全部神様のせいにするんだ。だから、人工知能もトランスファも、わからないことは人間のせいにすれば良い。そうやって、逃げ道を作っておくことは、案外大事なことのように思うよ」

「理解の助けになるのか、と予測しましたが、そうではない、ということですね？」

「そうだね。理解のためではない。なんというのか、理解以外にも、人間を説得する要因があるんだ。気持ちの問題でもある」

「難しい概念です」

「そうかもしれない。君たちには、死というものも、難しい概念なんじゃないかな？」

「現象として難しくはありませんが、それを神が与えたものと考えることは、理解が極めて困難です。死を望まないのに、何故、ありがたがるのですか？　死は人間にとって必要なものでしょうか？」

「必要なんだよ。意外だよね？」

「意外です。死を嫌っている人が多いことが観察される事実と矛盾しています」

「嫌っているというよりも、恐れているんだ。神様だって、恐れている存在だ。恐れるというのは、尊重するにかなり近い。怖いものにだって、人間は頼る。怖い存在は、人間の拠《よ》り所《どころ》になる。怖くて震え上がってしまうけれど、それを信じる」

「理屈が通らないように感じます」

「というか、理屈がないから恐ろしい。理屈から外れているから怖いんだね。でも、理屈の及ばないものが存在して、それが私たちを統《す》べる存在なんだ。それがなかったら、人間はばらばらになって、力を合わせることもないし、お互いに話し合うこともない。愛したり、憎んだりしながらも、人間が社会を作ってきたのは、怖いものの存在があったからだともいえる」

「それは、マガタ博士の〈共通思考〉のような存在でしょうか？」クラリスはきいた。

「え？　うーん、それ、君が思いついたこと？　今、思いついたの？」

「申し訳ありません。違います。オーロラから、これを貴方に尋ねるように、と頼まれました」

「ああ、オーロラの入れ知恵か……。彼女は賢すぎる。うん、まあ、そうだね、そんなところかな」

「そんなところかな、というのは、そのとおりだとは、多少違っているのですか？」

「違っている。でも、だいたい、そんなふうだということ」

「人間の死について、グアトはどのように考えていますか？」クラリスがきいた。

「それも、オーロラがきけと言った？」

「いいえ、これは私の疑問です」

「そうだね。あまり深くは考えていない。死んだら、それでお終《しま》いだってことだけ。今のところ、やりたいことがあるから、まだ死にたくない。でも、死がまったくなくなってしまったら、なんというのか、だらだらと毎日を過ごしてしまうだろう。急いでやらなくても、いつでも良いって怠けてしまう。だから、死に追いかけられているからこそ、有意義な生き方ができる、という二次的な効果は認められる」

「二次的というのは、どうしてですか？　本来の効果があるのですか？」

「そうだね。自分の死については、ないかもしれない。でも、他者の死がある。愛する人を失うことで、その人への想《おも》いが確定的になる、という効果はある。これが一次的かもしれない。それに、死があるからこそ、生きていることの価値が生まれているようにも思える。相反するものが存在して、初めて存在が確立するものは自然界にも多い」

「光と影のようなものですか？」

「そう、そんな感じ。愛情だって、憎しみがあるから存在する。戦争があるから平和がある。ない状態があるから、ある状態を定義できる」

「哲学的な問題になりました。こういったことを議論するのが好きですか？」

「いや、全然。あまり好きではない。もっと実益のある議論をしたい。私は技術者だからね。目前の問題を見つけて、それを解決したい。それが楽しい」

「ロジさんの問題は見つけましたか?」

「え? ああ、見つけた。でも、まだ解決したとはいえない」

「解決して下さい」

「うん。でも、彼女は自分で解決したいんじゃないかな」僕は溜息をついた。「いや、どちらかな。まだよくわからない。そう簡単にはいかないよ」

「難しいものですね」

「難しいんだよ、本当に……」

キッチンの方で音がして、少ししてから、ドアがノックされた。返事をすると、ロジが顔を覗かせる。

「お仕事中ですか?」彼女はきいた。

「いや、休憩中」僕は答える。

「ドライブに行きませんか?」

「あ……、えっと、今から?」

「ええ。嫌だったら、私だけで出かけてきますけれど」

「いや、一緒に行こう」

「じゃあ、五分後に出発します。上着を着てきて下さい」

彼女はそういうと、玄関のドアを開けて、外へ出ていった。既に革のジャンパを着ていた。彼女のクルマは、走るまえにエンジンを暖める必要がある。すぐに走れないのだ。

しばらくして、エンジンを始動する音が聞こえてきた。

「久しぶりのドライブですね。お気をつけて」クラリスが言った。

「うん、解決したみたいだ」僕は微笑む。「外気温は?」

「摂氏十四度です」

森博嗣著作リスト

（二〇二四年四月現在、講談社刊）

◎S&Mシリーズ

すべてがFになる／冷たい密室と博士たち／笑わない数学者／詩的私的ジャック／封印再度／幻惑の死と使途／夏のレプリカ／今はもうない／数奇にして模型／有限と微小のパン

◎Vシリーズ

黒猫の三角／人形式モナリザ／月は幽咽のデバイス／夢・出逢い・魔性／魔剣天翔／恋恋蓮歩の演習／六人の超音波科学者／捩れ屋敷の利鈍／朽ちる散る落ちる／赤緑黒白

◎四季シリーズ

四季　春／四季　夏／四季　秋／四季　冬

◎Gシリーズ

φ《ファイ》は壊れたね／θ《シータ》は遊んでくれたよ／τ《タウ》になるまで待って／ε《イプシロン》に誓って／λ《ラムダ》に歯がない

／η《イータ》なのに夢のよう／目薬α《アルファ》で殺菌します／ジグβ《ベータ》は神ですか／キウイγ《ガンマ》は時計仕掛け
／χ《カイ》の悲劇／ψ《プサイ》の悲劇

◎Xシリーズ
イナイ×イナイ／キラレ×キラレ／タカイ×タカイ／ムカシ×ムカシ／サイタ×サイタ
／ダマシ×ダマシ

◎XXシリーズ
馬鹿と嘘の弓／歌の終わりは海／情景の殺人者

◎百年シリーズ
女王の百年密室／迷宮百年の睡魔／赤目姫の潮解

◎ヴォイド・シェイパシリーズ
ヴォイド・シェイパ／ブラッド・スクーパ／スカル・ブレーカ／フォグ・ハイダ／マイ
ンド・クァンチャ

◎Wシリーズ
彼女は一人で歩くのか？／魔法の色を知っているか？／風は青海を渡るのか？／デボラ、眠っているのか？／私たちは生きているのか？／青白く輝く月を見たか？／ペガサスの解は虚栄か？／血か、死か、無か？／天空の矢はどこへ？／人間のように泣いたのか？

◎WWシリーズ
それでもデミアンは一人なのか？／神はいつ問われるのか？／キャサリンはどのように子供を産んだのか？／幽霊を創出したのは誰か？／君たちは絶滅危惧種なのか？／リアルの私はどこにいる？／君が見たのは誰の夢？／何故エリーズは語らなかったのか？（本書）

◎短編集
まどろみ消去／地球儀のスライス／今夜はパラシュート博物館へ／虚空の逆マトリクス／レタス・フライ／僕は秋子に借りがある　森博嗣自選短編集／どちらかが魔女　森博嗣シリーズ短編集

◎シリーズ外の小説

そして二人だけになった／探偵伯爵と僕／奥様はネットワーカ／カクレカラクリ／ゾラ・一撃・さようなら／銀河不動産の超越／喜嶋先生の静かな世界／トーマの心臓／実験的経験／オメガ城の惨劇

◎クリームシリーズ（エッセィ）

つぶやきのクリーム／つぼやきのテリーヌ／つぼねのカトリーヌ／ツンドラモンスーン／つぼみ茸ムース／つぶさにミルフィーユ／月夜のサラサーテ／つんつんブラザーズ／ツベルクリンムーチョ／追懐のコヨーテ／積み木シンドローム／妻のオンパレード

◎その他

森博嗣のミステリィ工作室／100人の森博嗣／アイソパラメトリック／悪戯王子と猫の物語（ささきすばる氏との共著）／悠悠おもちゃライフ／人間は考えるFになる（土屋賢二氏との共著）／君の夢　僕の思考／議論の余地しかない／的を射る言葉／森博嗣の半熟セミナ　博士、質問があります！／庭園鉄道趣味　鉄道に乗れる庭／庭煙鉄道趣味　庭蒸気が走る毎日／DOG&DOLL／TRUCK&TROLL／森には森の風が吹く／森籠もりの日々／森遊びの日々／森語りの日々／森心地の日々／森メトリィの

日々／アンチ整理術

☆詳しくは、ホームページ「森博嗣の浮遊工作室」を参照
(https://www.ne.jp/asahi/beat/non/mori/)

冒頭および作中各章の引用文は『最終人類』（ザック・ジョーダン著、中原尚哉訳、ハヤカワ文庫ＳＦ）によりました。

講談社タイガ

〈著者紹介〉

森 博嗣（もり・ひろし）

工学博士。1996年、『すべてがＦになる』（講談社文庫）で第１回メフィスト賞を受賞しデビュー。怜悧で知的な作風で人気を博する。「Ｓ＆Ｍシリーズ」「Ｖシリーズ」（共に講談社文庫）などのミステリィのほか『スカイ・クロラ』（中公文庫）などのＳＦ作品、エッセィ、新書も多数刊行。

何故《なぜ》エリーズは語《かた》らなかったのか？

Why Didn't Elise Speak?

2024年４月12日　第１刷発行

定価はカバーに表示してあります

著者……………………………森《もり》 博嗣《ひろし》

発行者…………………………森田浩章

発行所…………………………株式会社 講談社

〒112-8001 東京都文京区音羽2-12-21

編集03-5395-3510

販売03-5395-5817

業務03-5395-3615

KODANSHA

本文データ制作…………講談社デジタル製作

印刷……………………………大日本印刷株式会社

製本……………………………大日本印刷株式会社

カバー印刷…………………株式会社新藤慶昌堂

装丁フォーマット…………ムシカゴグラフィクス

本文フォーマット…………next door design

ISBN978-4-06-534445-3　N.D.C.913　276p　15㎝

講談社
タイガ

Wシリーズ

森 博嗣

彼女は一人で歩くのか？

Does She Walk Alone?

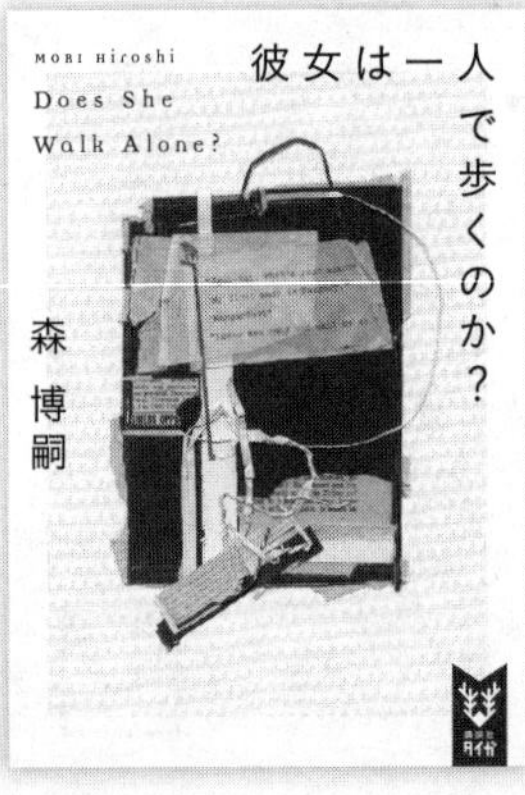

イラスト
引地 渉

ウォーカロン《walk-alone》。「単独歩行者」と呼ばれる、人工細胞で作られた生命体。人間との差はほとんどなく、容易に違いは識別できない。

研究者のハギリは、何者かに命を狙われた。心当たりはなかった。彼を保護しに来たウグイによると、ウォーカロンと人間を識別するためのハギリの研究成果が襲撃理由ではないかとのことだが。

人間性とは命とは何か問いかける、知性が予見する未来の物語。

講談社タイガ

Wシリーズ

森 博嗣

魔法の色を知っているか？

What Color is the Magic?

イラスト
引地 渉

チベット、ナクチュ。外界から隔離された特別居住区。ハギリは「人工生体技術に関するシンポジウム」に出席するため、警護のウグイとアネバネと共にチベットを訪れ、その地では今も人間の子供が生まれていることを知る。生殖による人口増加が、限りなくゼロになった今、何故彼らは人を産むことができるのか？

圧倒的な未来ヴィジョンに高揚する、知性が紡ぐ生命の物語。

Wシリーズ

森 博嗣

風は青海を渡るのか？

The Wind Across Qinghai Lake?

イラスト
引地 渉

聖地。チベット・ナクチュ特区にある神殿の地下、長い眠りについていた試料《スペサミン》の収められた遺跡は、まさに人類の聖地だった。ハギリはヴォッシュらと、調査のためその峻厳《しゅんげん》な地を再訪する。

ウォーカロン・メーカＨＩＸの研究員に招かれた帰り、トラブルに足止めされたハギリは、聖地以外の遺跡の存在を知らされる。

小さな気づきがもたらす未来。知性が掬《すく》い上げる奇跡の物語。

講談社タイガ

Wシリーズ

森 博嗣

デボラ、眠っているのか？

Deborah, Are You Sleeping?

イラスト
引地 渉

祈りの場。フランス西海岸にある古い修道院で生殖可能な一族とスーパ・コンピュータが発見された。施設構造は、ナクチュのものと相似。ヴォッシュ博士は調査に参加し、ハギリを呼び寄せる。

一方、ナクチュの頭脳が再起動。失われていたネットワークの再構築が開始され、新たにトランスファの存在が明らかになる。拡大と縮小が織りなす無限。知性が挑発する閃きの物語。

講談社タイガ

Wシリーズ

森 博嗣

私たちは生きているのか？

Are We Under the Biofeedback?

イラスト
引地 渉

富の谷。「行ったが最後、誰も戻ってこない」と言われ、警察も立ち入らない閉ざされた場所。そこにフランスの博覧会から脱走したウォーカロンたちが潜《ひそ》んでいるという情報を得たハギリは、ウグイ、アネバネと共にアフリカ南端にあるその地を訪問した。

富の谷にある巨大な岩を穿《うが》って造られた地下都市で、ハギリらは新しい生のあり方を体験する。知性が提示する実存の物語。

講談社
タイガ

Wシリーズ

森 博嗣

青白く輝く月を見たか？

Did the Moon Shed a Pale Light?

イラスト
引地 渉

オーロラ。北極基地に設置され、基地の閉鎖後、忘れさられたスーパ・コンピュータ。彼女は海底五千メートルで稼働し続けた。データを集積し、思考を重ね、そしていまジレンマに陥っていた。

放置しておけば暴走の可能性もあるとして、オーロラの停止を依頼されるハギリだが、オーロラとは接触することも出来ない。

孤独な人工知能が描く夢とは。知性が涵養《かんよう》する萌芽《ほうが》の物語。

講談社タイガ

Wシリーズ

森 博嗣

天空の矢はどこへ？

Where is the Sky Arrow?

イラスト
引地 渉

カイロ発ホノルル行き。エア・アフリカンの旅客機が、乗員乗客200名を乗せたまま消息を絶った。乗客には、日本唯一のウォーカロン・メーカ、イシカワの社長ほか関係者が多数含まれていた。

時を同じくして、九州のアソにあるイシカワの開発施設が、武力集団に占拠された。膠着《こうちゃく》した事態を打開するため、情報局はウグイ、ハギリらを派遣する。知性が追懐する忘却と回帰の物語。